U0115015

崇賢善本
崇賢館
崇賢善本

戊戌孟春京
師崇賢館刊

崇賢館記

崇賢善本

太初混沌、盤古開天辟地、斗轉星移、萬象其命維新。炎黄先祖、崛起東方、篳路藍縷、以啓山林。華夏文明源出細水涓涓、日夜不息、匯爲浩浩江海。上古有河圖洛書之説、先民有結繩書契之作。自夏商以降至於隋唐、我先人以玉飾甲骨鐘鼎簡牘碑碣帛書刻錄文明、歷程纘續、堯舜禹湯文王周公孔子諸聖賢道統、斯文郁郁、盛世生焉。

至唐貞觀間、太宗爲繼往聖之學、風厚生之化、開太平之世、始設崇賢館。任學士校書郎各二人、掌管經籍圖書並教授諸生。光陰箭越千年、二十世紀尾聲、有諸同道矢志復立崇賢館、旨於再造盛唐輝煌、興廢繼絶、金聲玉振、集歷代之英華、樹中天之華表、以最中國之形式、再現最中國之內容。俾言簡義豐、溫厚和平、墨香紙潤之中國書卷文化福澤今日之世界。復立伊始、茫茫求索、久立而有待來者。漸至天下翕然而慕國學。當是時、幸得國學之師季羡林、啓功、馮其庸、傅璇琮及著名文史學家毛佩琦、任德山、余世存、國藝方家王鏞、林岫等諸先生擔當學術顧問、肩荷指點迷津、遙斷翼軫之重責。

先賢典籍流傳，粲然可見。北宋一朝，蔡倫高足安徽宣城孔丹，創棉白佳紙，宣紙因而得名。中國造紙術隨後惠澤東西方文化傳播。宣紙典籍體輕而久壽，逐漸引領版刻盛行。宋版之精嚴而高貴，元版之景宋而厚重，明版之繁盛而不齊，清版之集古而爲新。今崇賢館志承歷代版刻精髓，精研歷代善本風貌，礪成鑄鼎之作，曰崇賢善本。其館刊典籍，涵蓋經、史、子、集四部精華，並書畫真跡、碑刻拓片及今人解經、學人蹊徑，可謂囊經天緯地之道，攬修身齊家之學，堪爲現代收藏之冠冕極品，亦爲今人重塑私德之權威善本。

崇賢善本，誓循宋代工藝。選安徽涇縣有紙中黃金美譽之手工宣紙製作，裝幀集材綾面絹簽，沿襲古法雕版琢字，均出名典，莊重雅致，古色生香。考工記云：天有時，地有氣，材有美，工有巧。斯乃術工與藝術俱臻高妙之境界，書卷文化之真精神。洋裝書雖彌漫當際，崇賢善本卻能卓爾不群。魯迅先生曾有比喻，洋裝書拿在手裏像舉磚頭，遠不如看綫裝書方便。中華先烈文稱風騷，武崇儒將，書卷之氣爲其獨有之美。然不讀綫裝古籍，難鑄高華之美。綫裝書

崇賢館記

卷在手，或坐或臥，思緒如泉，潺潺不斷。心性高貴至極，卻不顯一絲張揚。是故崇賢館十數年如一日，竭誠舉倡重構綫裝中國國學，進入生活。尋常百姓之家，當見縹囊飄香，廣廈重閣之府，更是卷盈緗帙。隨手展卷，有人倫之準式，傳世之華章，賢人之嘉言，生活之寶鑒。人人可漱六藝之芳潤，可浸高古之氣華。

朝代依序更迭，時光似川流逝，次第顧尋，鼎食深院，閭閻人家，皆門書禮儀傳家久，詩書繼世長。國學經典連綿千祀，然而形殊勢禁，古今不同，失之毫釐，謬以千里。時人熱捧國學，然忌入玄玄歧途，惟汲納百家之長，融鑄方以補天，勿忘戊戌維新之殤，是爲殷鑒。彙通儒家之禮樂規章，道家之取法自然，佛家之修心禪定，法家之以法治國，兵家之正合奇勝，加之國藝國史深研修行，方能據於德，依於仁，游於藝，經世致用，知行合一，退可以善道，進可以兼濟。高品生活，人所共求，今人之所憂嘆，先哲業已冥思而開示，吾輩俯仰間，應崇聖賢者，欣欣然，詠而歸之樂也。

展觀宇内，商潮必資乎文明，方能發五色之沃采，惠億衆之福祉。古往今來，熙熙攘攘者，道統孰繼？崇賢館倡言：新國學，新閲讀，新收藏，新體驗，同仁塑夢終

期館內、垂髫幼童讀書琅琅、舞象少年飛文染翰、窈窕淑女繪綉撫琴、域內外大雅鴻儒、絕藝名家、群賢畢至、於斯爲盛、再拜天下之甘爲中國傳統文化推廣者、播仁普智、勵勇可喜可嘉。漫漫長路、舉足爲始。崇賢館主李克敬敘宗旨。沐浴執筆、壬辰中秋記於京華。

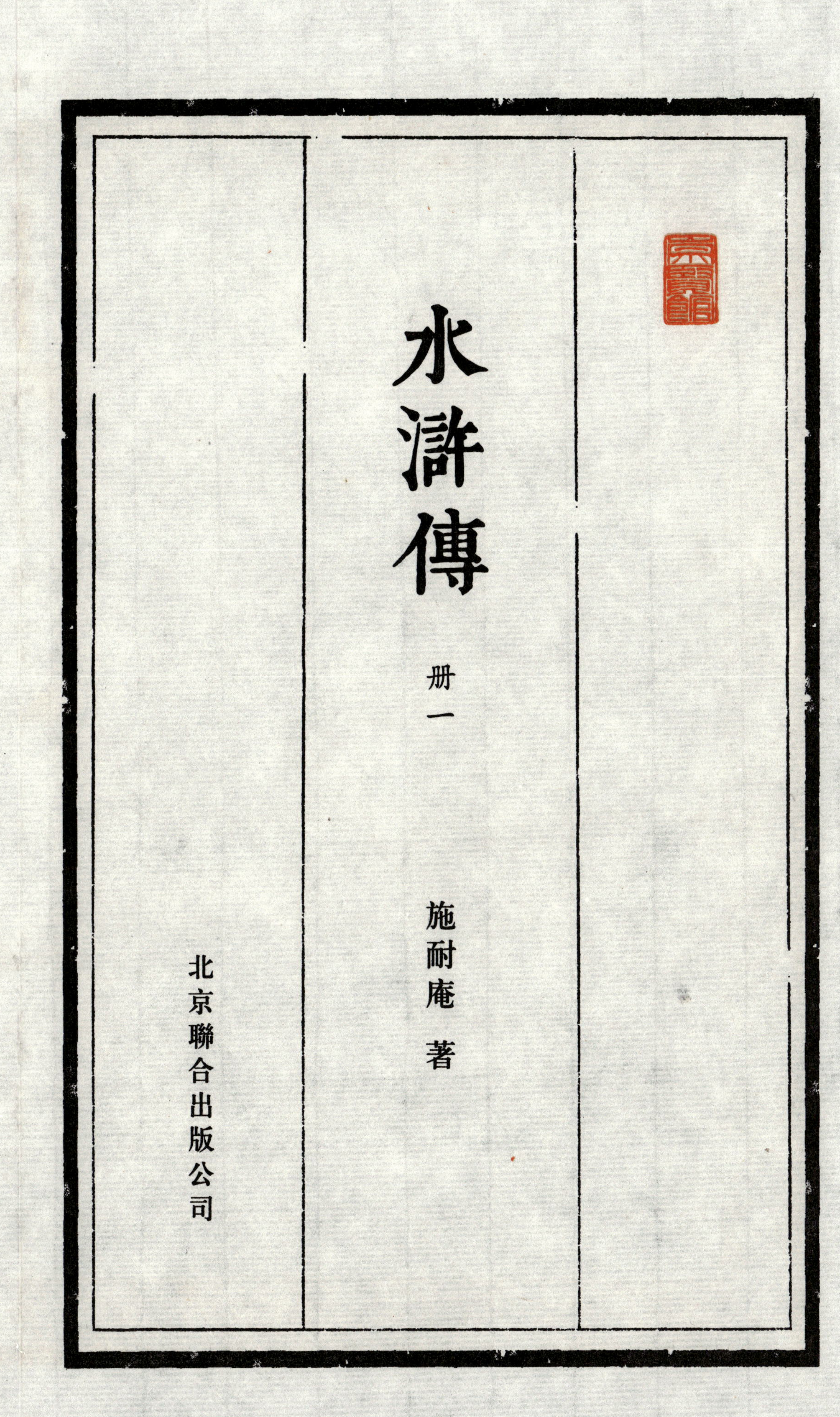

水滸傳

冊一

施耐庵 著

北京聯合出版公司

前言

《水滸傳》又名《忠義水滸傳》、《江湖豪客傳》，作于元末明初，是中國歷史上第一部用白話文寫成的章回小説，具有里程碑式的意義，與《三國演義》、《西游記》、《紅樓夢》合稱爲『中國古典四大名著』。《水滸傳》藝術魅力巨大，清代著名小説理論家金聖嘆説過：『別一部書，看過一遍即休，獨有《水滸傳》，衹是百看不厭。』明朝王慎中更曾盛贊《水滸傳》説『《史記》而下，便是此書』，李贄也將其連同《史記》、杜詩等并稱爲宇宙内的『五大部文章』。

《水滸傳》根據民間流傳的北宋末年宋江起義傳奇加工而成。全書叙述了北宋末年官逼民反，梁山泊英雄聚衆起義的故事，再現了封建時代農民起義從發生、發展到失敗的全過程。它的成功不僅在于其思想内容的豐富，還在于其寫作藝術的成熟。它以生動的筆觸，飽滿的熱情塑造了一大群性格鮮明、光彩奪目的傳奇英雄：滿腹經綸、足智多謀的吴用，扶危濟困、嫉惡如仇的魯智深，行俠仗義、勇武豪爽的武松，心粗膽大、率直忠誠的李逵，救弱濟貧、剛烈正直的林沖……正如清代著名小説理論家金聖嘆所説：『《水滸》所叙，叙一百八人，人有其性情，人有其氣質，人有其形狀，人有其聲口。』各不相同，各有韵味。

《水滸傳》影響深遠，它不但影響了其後一批小説的創作，還在世界範圍内得到了高度評價和廣泛流傳。《大英百科全書》有言：『元末明初的小説《水滸》，因以通俗的口語形式出現于歷史杰作的行列而獲得普遍的喝彩，它被認爲是最有意義的一部文學作品。』《蘇聯大百科全書》：『《水滸傳》是十四世紀中國文學的紀念碑，這部小説首次通過現實主義形式反映了反對地主和專政的壓迫的中世紀農民起義，是一部具有豐富形象的畫廊。』目前，它已被譯爲英、法、德、日、俄等十多種文字，在世界範圍内傳播。《水滸傳》確是世界文學寶庫中的一顆明珠。

英譯家杰克遜曾經説過：『《水滸傳》又一次證明人類靈魂的不可征服的、向上的不朽精神，這種精神貫穿着

世界各地的人類歷史。』誠然，《水滸傳》以其自身的魅力和它所藴含的英雄氣質感染和影響着現在的人們。在平庸的生活中，面對强大的惡勢力，人們常會受欺凌而忍讓，見不平而回避，儘管人們内心并不甘于此。梁山好漢却是另一種人物，他們足智多謀，勇武過人，他們胸襟豁達，身具异能，他們光明磊落，敢作敢爲……是傳奇式的理想化人物。由于主人公個性、力量、情感的奔放，使我們的生命力得到舒張，使我們在污穢而艱難的現實世界中，得到最大的心理滿足。

《水滸傳》經久不衰，自問世幾百年間廣爲流傳，深受人們的喜愛。爲了傳承經典，最大限度地滿足人們的需求，我們重新編輯整理了此書。在編輯過程中，我們主要做了以下幾方面的努力：

首先，在版本上，采用通行的一百二十回本，在校訂過程中，依照各版本改正了文中的個别錯字和標點，確保其權威、准確。在古今异體字方面，我們采取了尊重原著的原則，力求最大限度地維持作品的原貌，確保原汁原味。

其次，在前七十回的每回開頭均加入了清代著名小説理論家金聖嘆的批注（後五十回金聖嘆無批注），以方便讀者更好地欣賞這部文學巨著，更好地把握文章情節，更深層次地挖掘其中所藴含的道理。

此外，爲了增强讀者的閱讀興趣，緩解文字爲讀者帶來的視覺疲勞，我們還爲本書精選了近百幅與原文相契合的經典版畫作爲本書的插圖。不僅使讀者更直觀、更形象地理解小説的内容，還可以讓讀者欣賞到中國的刊刻與版畫藝術。

《水滸傳》讓我們走進了一個剛毅、蠻勇、有力量的世界。暢游其中，我們會感到一種剛勁粗獷的氣氛。它有如深山大澤中吹來的一股雄風，使人頓生凛然之感。它又像一壇酒，從元末明初至今，澆灌着天下的人們。輕輕地翻開它，你便會感到電掣雷鳴，瞠目震耳。

水滸傳
林教頭刺配滄州道　魯智深大鬧野豬林
林教頭風雪山神廟　陸虞候火燒草料場
一
崇賢館藏書

水滸傳

橫海郡柴進留賓　景陽岡武松打虎

梁山泊好漢劫法場　白龍廟英雄小聚義

二

崇賢館藏書

水滸傳
吴用智賺玉麒麟 張順夜鬧金沙渡
忠義堂石碣受天文 梁山泊英雄排座次
三
崇賢館藏書
天行道

水滸傳目錄

冊一

冊二

冊三

目錄

冊八

第一回　張天師祈禳瘟疫　洪太尉誤走妖魔

試看書林隱處，幾多俊逸儒流。虚名薄利不關愁，裁冰及剪雪，談笑看吴鈎。評議前王并後帝，分真僞、占據中州，七雄擾擾亂春秋。興亡如脆柳，身世類虚舟。見成名無數，圖名無數，更有那逃名無數。霎時新月下長川，滄海變桑田古路。訝求魚緣木，擬窮猿擇木，又恐是傷弓曲木。不如且覆掌中杯，再聽取新聲曲度。

哀哉乎！此書既成，而命之曰《水滸》也。是一百八人者，爲有其人乎，爲無其人乎？誠有其人也，即何心而至于水滸也。爲無其人也，則是爲此書者之胸中，吾不知其有何等冤苦，而必設言一百八人，而又遠托之于水涯。吾聞率土之濱，莫非王臣；普天之下，莫非王土也。一百八人而無其人，猶已耳；一百八人而有其人，彼豈真欲以宛子城、蓼兒窪者，爲非復趙宋之所覆載乎哉！吾讀《孟子》，至『伯夷避紂，居北海之濱』『太公避紂，居東海之濱』二語，未嘗不嘆。紂雖不善，不可避也，海濱雖遠，猶紂地也。二老倡衆去故就新，雖以聖人，非盛節也。彼孟子者，自言願學孔子，實未離于戰國游士之習，故猶有此言，未能滿于後人之心。若孔子，其必不出于此。今一百八人而有其人，殆不止于伯夷、太公居海避紂之志矣。大義滅絶，其何以訓！若一百八人而無其人也，則是爲此書者之設言也。爲此書者，吾則不知其胸中有何等冤苦而爲如此設言。然以賢如孟子，猶未免于大醇小疵之譏，其何責于稗官？後之君子，亦讀其書，哀其心可也。

古人著書，每每若干年布想，若干年儲材，又復若干年經營點竄，而後得脱于稿，裒然成爲一書也。今人不會看書，往往將書容易混帳過去，于是古人書中所有得意處，不得意處，轉筆處，難轉筆處，趁水生波處，翻空出奇處，不得不補處，不得不省處，順添在後處，倒插在前處，無數方法，無數筋節，悉付之于茫然不知，而僅僅粗記前後事迹，是否成敗，以助其酒前茶後，雄譚快笑之旗鼓。嗚呼！《史記》稱五帝之文尚不雅馴，而爲薦紳之所難言，奈何乎今忽取綠林豪猾之事，而爲士君子之所雅言乎？吾特悲讀者之精神不生，將作者之意思盡没，不知心苦，實負良工，故不辭不敏，而有此批也。

此一回，古本題曰『楔子』。楔子者，以物出物之謂也。以瘟疫爲楔，楔出祈禳；以祈禳爲楔，楔出天師；以天師爲楔，楔出洪信；以洪信爲楔，楔出游山；以游山爲楔，楔出開碣；以開碣爲楔，楔出三十六天罡、七十二地煞，此所謂正楔也。中間又以康節、希夷二先生，楔出劫運定數；以武德皇帝、包拯、狄青，楔出星辰名字；以山中一虎一蛇，楔出陳達、楊春；以洪信驕情傲色，楔出高俅、蔡京；以道童猥獕難認，直楔出第七十回皇甫相馬作結尾，此所謂奇楔也。

話説大宋仁宗天子在位，嘉祐三年三月三日五更三點，天子駕坐紫宸殿，受百官朝賀。但見：

祥雲迷鳳閣，瑞氣罩龍樓。含烟御柳拂旌旗，帶露宮花迎劍戟。天香影裏，玉簪珠履聚丹墀；仙樂聲中，綉襖錦衣扶御駕。珍珠簾卷，黄金殿上現金輿；鳳尾扇開，白玉階前停寶輦。隱隱净鞭三下響，層層文武兩班齊。

當有殿頭官喝道：『有事出班早奏，無事卷簾退朝。』祇見班部叢中，宰相趙哲、參政文彦博出班奏曰：『目今京師瘟疫盛行，民不聊生，傷損軍民多矣。伏望陛下釋罪寬恩，省刑薄税，以禳天灾，救濟萬民。』天子聽奏，急敕翰林院隨即草詔，一面降赦天下罪囚，應有民間税賦，悉皆赦免；一面命在京宮觀寺院，修設好事禳灾。不料其年瘟疫轉盛，仁宗天子聞知，龍體不安。復會百官，衆皆計議。向那班部中，有一大臣越班啓奏。天子看時，乃是參知政事范仲淹。拜罷起居，奏曰：『目今天灾盛行，軍民塗炭，日夕不能聊生，人遭縲紲之厄。以臣愚意，要禳此灾，可宣嗣漢天師星夜臨朝，就京師禁院修設三千六百分羅天大醮，奏聞上帝，可以禳保民間瘟疫。』仁宗天子准奏。急令翰林學士草詔一道，天子御筆親書，并降御香一炷，欽差内外提點殿前太尉洪信爲天使，前往江西信州龍虎山，宣請嗣漢天師張真人星夜臨朝，祈禳瘟疫。就金殿上焚起御香，親將丹詔付與洪太尉爲使，即便登程前去。

洪信領了聖勅，辭別天子，背了詔書，盛了御香，帶了數十人，上了鋪馬，一行部從，離了東京，取路徑投信州貴溪縣來。于路上，但見：

遥山迭翠，遠水澄清。奇花綻錦綉鋪林，嫩柳舞金絲拂地。風和日暖，時過野店山村；路直沙平，夜宿郵亭驛館。羅衣蕩漾紅塵内，駿馬驅馳紫陌中。

且說太尉洪信賚擎御詔，一行人從，上了路途，不止一日，來到江西信州。大小官員出郭迎接，隨即差人報知龍虎山上清宫住持道衆，準備接詔。次日，衆位官同送太尉到于龍虎山下。衹見上清宫許多道衆，鳴鐘擊鼓，香花燈燭，幢幡寶蓋，一派仙樂，都下山來迎接丹詔，直至上清宫前下馬。太尉看那宫殿時，端的是好座上清宫。但見：

青松屈曲，翠柏陰森。門懸敕額金書，户列靈符玉篆。虚皇壇畔，依稀垂柳名花；煉藥爐邊，掩映蒼松老檜。左壁厢天丁力士，參隨着太乙真君；右勢下玉女金童，簇捧定紫微大帝。披髮仗劍，北方真武踏龜蛇；趿履頂冠，南極老人伏龍虎。前排二十八宿星君，後列三十二帝天子。階砌下流水潺湲，墻院後好山環繞。鶴生丹頂，龜長緑毛。樹梢頭獻果蒼猿，莎草内銜芝白鹿。三清殿上鳴金鐘，道士步虚；四聖堂前敲玉磬，真人禮斗。獻香臺砌，彩霞光射碧琉璃；召將瑶壇，赤日影摇紅瑪瑙。早來門外祥雲現，疑是天師送老君。

當下上自住持真人，下及道童侍從，前迎後引，接至三清殿上，請將詔書，居中供養着。洪太尉便問監宫真人道：『天師今在何處？』住持真人向前禀道：『好教太尉得知：這代祖師號曰虚靖天師，性好清高，倦于迎送，自向龍虎山頂，結一茅庵，修真養性。因此不住本宫。』太尉道：『目今天子宣詔，如何得見？』真人答道：『容禀：詔敕權供在殿上，貧道等亦不敢開讀。且請太尉到方丈獻茶，再煩計議。』當時將丹詔供養在三清殿上，與衆官都到方丈。太尉居中坐下，執事人等獻茶，就進齋供，水陸俱備。齋罷，太尉再問真人道：『既然天師在山頂庵中，何不着人請將下來相見，開宣丹詔？』真人禀道：『太尉，這代祖師雖在山頂，其實道行非常，清高自在，倦惹凡塵。能駕霧興雲，踪迹不定，未嘗下山。貧道等如常亦難得見，怎生教人請得下來！』太尉道：『似此如何得見！目今京師瘟疫盛行，今上天子特遣下官爲使，賚捧御書丹詔，親奉龍香，來請天師，要做三千六百分羅天大醮，以禳天災，救濟萬民。似此怎生奈何？』真人禀道：『朝廷天子要救萬民，衹除是太尉辦一點志誠心，齋戒沐浴，更换布衣，休帶從人，自背詔書，焚燒御香，步行上山禮拜，叩請天師，方許得見。如若心不志誠，空走一遭，亦難得見。』太尉聽説便道：『俺從京師食素到此，如何心不志誠！既然恁地，依着你説，明日絶早上山。』

當晚各自權歇。次日五更時分，衆道士起來，備下香湯齋供。請太尉起來，香湯沐浴，换了一身新鮮布衣，脚下穿上麻鞋草履，吃了素齋，取過丹詔，用黄羅包袱背在脊梁上，手裏提着銀手爐，降降地燒着御香。許多道衆人等，送到後山，指與路徑。真人又禀道：『太尉要救萬民，休生退悔之心，衹顧志誠上去。』

太尉别了衆人，口誦天尊寶號，縱步上山來。將至半山，望見大頂直侵霄漢，果然好座大山。正是：

根盤地角，頂接天心。遠觀磨斷亂雲痕，近看平吞明月魄。高低不等謂之山，側石通道謂之岫，孤嶺崎嶇謂之路，上面極平謂之頂，頭圓下壯謂之巒，隱虎藏豹謂之穴，隱風隱雲謂之岩，高人隱居謂之洞，有境有界謂之府，樵人出没謂之徑，能通車馬謂之道，流水有聲謂之澗，古渡源頭謂之溪，岩崖滴水謂之泉。左壁爲掩，右壁爲映。出的是雲，納的是霧。錐尖象小，崎峻似峭，懸空似險，削儠如平。千峰競秀，萬壑争流。瀑布斜飛，藤蘿倒挂。虎嘯時風生谷口，猿啼時月墜山腰。恰似青黛染成千塊玉，碧紗籠罩萬堆烟。

這洪太尉獨自一個，行了一回，盤坡轉徑，攬葛攀藤。約莫走過了數個山頭，三二里多路，看看脚酸腿軟，正走不動，口裏不説，肚裏躊躇，心中想道：『我是朝廷貴官，在京師時，重裀而卧，列鼎而食，尚兀自倦怠，何曾穿草鞋，走這般山路！知他天師在那裏，卻教下官受這般苦！』又行不到三五十步，掇着肩氣喘，衹見山凹裏起一陣風。風過處，向那松樹背後，奔雷也似吼一聲，撲地跳出一個吊睛白額錦毛大蟲來。洪太尉吃了一驚，叫聲：「阿呀！」撲地望後便倒。偷眼看那大蟲時，但見：

毛披一帶黄金色，爪露銀鈎十八隻。睛如閃電尾如鞭，口似血盆牙似戟。
伸腰展臂勢猙獰，擺尾搖頭聲霹靂。山中狐兔盡潛藏，澗下獐狍皆斂迹。

那大蟲望着洪太尉，左盤右旋，咆哮了一回，托地望後山坡下跳了去。洪太尉倒在樹根底下，唬得三十六個牙齒捉對兒厮打，那心頭一似十五個吊桶，七上八落的響，渾身却如中風麻木，兩腿一似鬥敗公鷄，口裏連聲叫苦。

大蟲去了一盞茶時，方才爬將起來，再收拾地上香爐，還把龍香燒着，再上山來，務要尋見天師。又行過三五十步，口裏嘆了數口氣，怨道：「皇帝御限，差俺來這裏，教我受這場驚恐。」説猶未了，衹覺得那裏又一陣風，吹得毒氣直衝將來。太尉定睛看時，山邊竹藤裏簌簌地響，搶出一條吊桶大小、雪花也似蛇來。太尉見了，大吃一驚，撇了手爐，叫一聲：「我今番死也！」往後便倒在盤陀石邊。微閃開眼來看那蛇時，但見：

昂首驚飈起，掣目電光生。動蕩則折峽倒岡，呼吸則吹雲吐霧。鱗甲亂分千片玉，尾梢斜卷一堆銀。

那條大蛇徑搶到盤陀石邊，朝着洪太尉盤做一堆，兩隻眼迸出金光，張開巨口，吐出舌頭，噴那毒氣在洪太尉臉上。驚得太尉三魂蕩蕩，七魄悠悠。那蛇看了洪太尉一回，望山下一溜，却早不見了。太尉方才爬得起來。説道：「慚愧！驚殺下官！」看身上時，寒粟子比餶飿兒大小。口裏罵那道士：「叵耐無禮，戲弄下官，教俺受這般驚恐！若山上尋不見天師，下去和他别有話説。」再拿了銀提爐，整頓身上詔敕并衣服巾幘，却待再要上山去。正欲移步，衹聽得松樹背後隱隱地笛聲吹響，漸漸近來。太尉定睛看時，衹見那一個道童，倒騎着一頭黄牛，横吹着一管鐵笛。轉出山凹來。太尉看那道童時，但見：

頭綰兩枚丫髻，身穿一領青衣；腰間絛結草來編，脚下芒鞋麻間隔。明眸皓齒，飄飄并不染塵埃；緑鬢朱顔，耿耿全然無俗態。

昔日呂洞賓有首牧童詩道得好：

草鋪横野六七里，笛弄晚風三四聲。歸來飽飯黄昏後，不脱蓑衣卧月明。

衹見那個道童笑吟吟地騎着黄牛，横吹着那管鐵笛，正過山來。洪太尉見了，便唤那個道童：「你從那裏來？認得我麽？」道童不睬，衹顧吹笛。太尉連問數聲，道童呵呵大笑，拿着鐵笛，指着洪太尉説道：「你來此間，莫非要見天師麽？」太尉大驚，便道：「你是牧童，如何得知？」道童笑道：「我早間在草庵中伏侍天師，聽得天師説道：『朝中今上仁宗天子，差個洪太尉賫擎丹詔御香，到來山中，宣我往東京做三千六百分羅天大醮，祈禳天下瘟疫。我如今乘鶴駕雲去也。』這早晚想是去了，不在庵中。你休上去，山内毒蟲猛獸極多，恐怕傷害了你性命。」太尉再問道：「你不要説謊？」道童笑了一聲，也不回應，又吹着鐵笛轉過山坡去了。太尉尋思道：「這小的如何盡知此事？想是天師分付他，一定是了。」欲待再上山去，方才驚唬的苦，争些兒送了性命，不如下山去罷。

太尉拿着提爐，再尋舊路，奔下山來。衆道士接着，請至方丈坐下。真人便問太尉道：「曾見天師麽？」太尉説道：「我是朝廷中貴官，如何教俺走得山路，吃了這般辛苦，争些兒送了性命！爲頭上至半山裏，跳出一隻吊睛白額大蟲，驚得下官魂魄都没了；又行不過一個山嘴，竹藤裏搶出一條雪花大蛇來，盤做一堆，攔住去路。若不是俺福分大，如何得性命回京？盡是你這道衆，戲弄下官！」真人復道：「貧道等怎敢輕慢大臣，這是祖師試探太尉之心。本山雖有蛇虎，并不傷人。」太尉又道：「我正走不動，方欲再上山坡，衹見松樹旁邊轉出一個道童，騎着一頭黄牛，吹着管鐵笛，正過山來。我便問他：『那裏來？識得俺麽？』他道：『已都知了。』説天師分付，早晨乘鶴駕雲往東京去了。下官因此回來。」真人道：「太尉可惜錯過，這個牧童正是天師。」太尉道：「他既是天師，如何這等猥獕？」真人答道：「這代天師非同小可，雖然年幼，其實道行非常。他是額外之人，四方顯化，極是靈驗，世人皆稱爲道通祖師。』洪太尉道：『我直如此有眼不識真師，當面錯過！』真人道：『太尉但請放心，既然祖師法旨道是去了，比及太尉回京之日，這場醮事祖師已都完了。』太尉見説，方才放心。真人一面教安排筵宴，管待太尉；請將丹詔收藏于御書匣内放了，留在上清宮中，龍香就三清殿上燒了。當日方丈内大排齋供，設宴飲酌。至晚席罷，止宿到曉。

次日早膳已後，真人道衆并提點執事人等請太尉游山。太尉大喜。許多人從跟隨着，步行出方丈，前面兩個道童引路，行至宮前宮後，看玩許多景致。三清殿上，富貴不可盡言。左廊下：九天殿、紫微殿、北極殿，右廊下：太乙殿、三官殿、驅邪殿。諸宮看遍，行到右廊後一所去處。洪太尉看時，另外一所殿宇：一遭都是搗椒紅泥墻；正面兩扇朱紅槅子，門上使着胳膊大鎖鎖着，交叉上面貼着十數道封皮，封皮上又是重重迭迭使着朱印；檐前一面朱紅漆金字牌額，上書四個金字，寫道：『伏魔之殿』。太尉指着門道：『此殿是什麽去處？』真人答道：『此乃是前代老祖天師鎖鎮魔王之殿。』太尉又問道：『如何上面重重迭迭貼着許多封皮？』真人答道：『此是老祖大唐洞玄國師封鎖魔王在此。但是經傳一代天師，親手便添一道封皮，使其子子孫孫不敢妄開。走了魔君，非常利害。今經八九代祖師，誓不敢開。鎖用銅汁灌鑄，誰知裏面的事？小道自來住持本宮，三十餘年，也祇聽聞。』

洪太尉聽了，心中驚怪，想道：『我且試看魔王一看。』便對真人説道：『你且開門來，我看魔王什麽模樣。』真人告道：『太尉，此殿決不敢開。先祖天師叮嚀告戒：今後諸人不許擅開。』太尉笑道：『胡説！你等要安生怪事，煽惑百姓良民，故意安排這等去處，假稱鎖鎮魔王，顯耀你們道術。我讀一鑒之書，何曾見鎖魔之法。神鬼之道，處隔幽冥，我不信有魔王在内。快快與我打開，我看魔王如何。』真人三回五次禀説：『此殿開不得，恐惹利害，有傷于人。』太尉大怒，指着道衆説道：『你等不開與我看，回到朝廷，先奏你們衆道士阻當宣詔，違别聖旨，不令我見天師的罪犯；後奏你等私設此殿，假稱鎖鎮魔王，煽惑軍民百姓。把你都追了度牒，刺配遠惡軍州受苦。』

真人等懼怕太尉權勢，祇得唤幾個火工道人來，先把封皮揭了，將鐵錘打開大鎖。衆人把門推開，看裏面時，黑洞洞地，但見：

昏昏默默，杳杳冥冥。數百年不見太陽光，億萬載難瞻明月影。不分南北，怎辨東西。黑烟靄靄撲人寒，冷氣陰陰侵體顫。人迹不到之處，妖精往來之鄉。閃開雙目有如盲，伸出兩手不見掌。常如三十夜，却似五更時。

衆人一齊都到殿内，黑暗暗不見一物。太尉教從人取十數個火把點着，將來打一照時，四邊并無别物，祇中央一個石碑，約高五六尺，下面石龜趺坐，大半陷在泥裏。照那碑碣上時，前面都是龍章鳳篆，天書符篆，人皆不識。照那碑後時，却有四個真字大書，鑿着『遇洪而開』。却不是一來天罡星合當出世，二來宋朝必顯忠良，三來湊巧遇着洪信，豈不是天數！洪太尉看了這四個字，大喜，便對真人説道：『你等阻當我，却怎地數百年前已注我姓字在此？遇洪而開，分明是教我開看，却何妨？我想這個魔王，都祇在石碑底下。汝等從人與我多唤幾個火工人等，將鋤頭鐵鍬來掘開。』

真人慌忙諫道：『太尉，不可掘動！恐有利害，傷犯于人，不當穩便。』太尉大怒，喝道：『你等道衆，省得什麽！碑上分明鑿着遇我教開，你如何阻當！快與我唤人來開。』真人又三回五次禀道：『恐有不好。』太尉那裏肯聽。祇得聚集衆人，先把石碑放倒，一齊并力掘那石龜，半日方才掘得起。又掘下去，約有三四尺深，見一片大青石板，可方丈圍。洪太尉叫再掘起來。真人又苦禀道：『不可掘動！』太尉那裏肯聽。衆人祇得把石板一齊扛起，看時，石板底下，却是一個萬丈深淺地穴。祇見穴内刮喇喇一聲響亮。那響非同小可，恰似：

天摧地塌，岳撼山崩。錢塘江上，潮頭浪擁出海門來；泰華山頭，巨靈神一劈山峰碎。共工奮怒，去盔撞倒了不周山；力士施威，飛錘擊碎了始皇輦。一風撼折千竿竹，十萬軍中半夜雷。

那一聲響亮過處，祇見一道黑氣，從穴裏滚將起來，掀塌了半個殿角。那道黑氣，直沖上半天裏空中，散作

百十道金光，望四面八方去了。衆人吃了一驚，發聲喊，都走了，撇下鋤頭鐵鍬，盡從殿內奔將出來，推倒擷翻無數。驚得洪太尉目睜痴呆，罔知所措，面色如土，奔到廊下，衹見真人向前叫苦不迭。

太尉問道：『走了的却是什麼妖魔？』那真人言不過數句，話不過一席，說出這個緣由。有分教：一朝皇帝，夜眠不穩，晝食忘餐。直使宛子城中藏虎豹，蓼兒窪內聚神蛟。

畢竟龍虎山真人說出甚言語來，且聽下回分解。

第二回　王教頭私走延安府　九紋龍大鬧史家村

一部大書七十回，將寫一百八人也。乃開書未寫一百八人，而先寫高俅者，蓋不寫高俅便寫一百八人，則是亂自下生也；不寫一百八人先寫高俅，則是亂自上作也。亂自下生，不可訓也，作者之所必避也；亂自上作，不可長也，作者之所深懼也。一部大書七十回，而開書先寫高俅，有以也。

高俅來而王進去矣。王進者，何人也？不墜父業，善養母志，蓋孝子也。吾又聞古有求忠臣必于孝子之門之語，然則王進亦忠臣也。孝子忠臣，則國家之祥麟威鳳、圓璧方珪者也。橫求之四海而不一得之，豎求之百年而不一得之。不一得之而忽然有之，則當尊之，榮之，長跽事之。必欲罵之，打之，至于殺之，因逼去之，是何爲也！王進去而一百八人來矣，則是高俅來而一百八人來矣。王進去後，更有史進。史者，史也。寓言稗史亦史也。夫古者史以記事，今稗史所記何事？殆記一百八人之事也。記一百八人之事，而亦居然謂之史也何居？從來庶人之議皆史也。庶人則何敢議也？庶人不敢議也。庶人不敢議而又議，何也？天下有道，然後庶人不議也。今則庶人議矣。何用知其天下無道？曰：王進去，而高俅來矣。

史之爲言史也，固也。進之爲言何也？曰：彼固自許，雖稗史然已進于史也。史進之爲言進于史，固也。王進之爲言何也？曰：必如此人，庶幾聖人在上，可教而進之于王道也。必如王進，然後可教而進之于王道，然則彼一百八人也者，固王道之所必誅也。

一百八人則誠王道所必誅矣，何用見王進之庶幾爲聖人之民？曰：不墜父業，善養母志，猶其可見者也。更有其不可見者，如點名不到，不見其首也；一去延安，不見其尾也。無首無尾者，其猶神龍歟？誠使彼一百八人者盡出于此，吾以知其免耳，而終不之及也。一百八人終不之及，夫而後知王進之難能也。

不見其首者，示人亂世不應出頭也；不見其尾者，示人亂世決無收場也。

一部書七十回，一百八人，以天罡第一星宋江爲主，而先做强盗者，乃是地煞第一星朱武。雖作者筆力縱橫之妙，然亦以見其逆天而行也。

次出跳澗虎陳達，白花蛇楊春，蓋隱括一部書七十回一百八人爲虎爲蛇，皆非好相識也。何用知其爲是隱括一部書七十回一百八人？曰：楔子所以楔出一部，而天師化現恰有一虎一蛇，故知陳達、楊春是一百八人之總號也。

話說當時住持真人對洪太尉說道：『太尉不知，此殿中當初是祖老天師洞玄真人傳下法符，囑咐道：「此殿内鎖鎖着三十六員天罡星，七十二座地煞星，共是一百單八個魔君在裏面。上立石碑，鑿着龍章鳳篆天符，鎮住在此。若還放他出世，必惱下方生靈。」如今太尉放他走了，怎生是好！』

有詩爲證：

千古幽扃一旦開，天罡地煞出泉臺。自來無事多生事，本爲禳灾却惹灾。

社稷從今雲擾擾，兵戈到處鬧垓垓。高俅奸佞雖堪恨，洪信從今釀禍胎。

當時洪太尉聽罷，渾身冷汗，捉顫不住。急急收拾行李，引了從人，下山回京。真人并道衆送官已罷，自回宫内修整殿宇，豎立石碑，不在話下。

再說洪太尉在路上分付從人，教把走妖魔一節，休說與外人知道，恐天子知而見責。于路無話，星夜回至京師，進得汴梁城，聞人所說：天師在東京禁院做了七晝夜好事，普施符籙，禳救灾病，瘟疫盡消，軍民安泰。天師辭朝，乘鶴駕雲，自回龍虎山去了。洪太尉次日早朝，見了天子，奏説：『天師乘鶴駕雲，先到京師。臣等驛站而來，才得到此。』仁宗准奏，賞賜洪信，復還舊職，亦不在話下。

後來仁宗天子在位共四十二年，晏駕，無有太子，傳位濮安懿王允讓之子，太祖皇帝的孫，立帝號曰英宗。在位四年，傳位與太子神宗。神宗在位一十八年，傳位與太子哲宗。那時天下盡皆太平，四方無事。

且說東京開封府汴梁宣武軍，一個浮浪破落户子弟，姓高，排行第二，自小不成家業，祇好刺槍使棒，最是踢得好脚氣毬，京師人口順，不叫高二，却都叫他做高毬。後來發迹，便將氣毬那字去了毛傍，添作立人，便改作姓高名俅。這人吹彈歌舞，刺槍使棒，相撲頑耍，亦胡亂學詩書詞賦。若論仁義禮智，信行忠良，却是不會，祇在東京城裏城外幫閑。因幫了一個生鐵王員外兒子使錢，每日三瓦兩舍，風花雪月，被他父親開封府裏告了一紙文狀，府尹把高俅斷了四十脊杖，迭配出界發放，東京城裏人民不許容他在家宿食。高俅無計奈何，祇得來淮西臨淮州投奔一個開賭坊的閑漢柳大郎，名喚柳世權。他平生專好惜客養閑人，招納四方乾隔澇漢子。高俅投托得柳大郎家，一住三年。

後來哲宗天子因拜南郊，感得風調雨順，放寬恩大赦天下。那高俅在臨淮州，因得了赦宥罪犯，思量要回東京。這柳世權却和東京城裏金梁橋下開生藥鋪的董將士是親戚，寫了一封書札，收拾些人事盤纏，賚發高俅回東京，投奔董將士家過活。

當時高俅辭了柳大郎，背上包裹，離了臨淮州，迤邐回到東京，竟來金梁橋下董生藥家，下了這封書。董將士一見高俅，看了柳世權來書，自肚裏尋思道：『這高俅我家如何安着得他！若是個志誠老實的人，可以容他在家出入，也教孩兒們學些好。他却是個幫閑的破落户，没信行的人。亦且當初有過犯來，被斷配的人。舊性必不肯改。倘或留住在家中，倒惹得孩兒們不學好了。待不收留他，又撇不過柳大郎面皮。』當時祇得權且歡天喜地，相留在家宿歇，每日酒食管待。住了十數日，董將士思量出一個緣由，將出一套衣服，寫了一封書簡，對高俅說道：『小人家下螢火之光，照人不亮，恐後誤了足下。我轉薦足下與小蘇學士處，久後也得個出身。足下意内如何？』高俅大喜，謝了董將士。董將士使個人將着書簡，引領高俅徑到學士府内。門吏轉報小蘇學士，出來見了高俅，看罷來書，知道高俅原是幫閑浮浪的人，心下想道：『我這裏如何安着得他！不如做個人情，薦他去駙馬王晉卿府裏，做個親隨。人都喚他做小王都太尉，便喜歡這樣的人。』當時回了董將士書札，留高俅在府裏住了一夜。次日，寫了一封書呈，使個幹人，送高俅去那小王都太尉處。

這太尉乃是哲宗皇帝妹夫，神宗皇帝的駙馬。他喜愛風流人物，正用這樣的人。一見小蘇學士差人持書送這高俅來，拜見了，便喜。隨即寫回書，收留高俅在府内做個親隨。自此高俅遭際在王都尉府中，出入如同家人一般。自古道：日遠日疏，日親日近。忽一日，小王都太尉慶誕生辰，分付府中安排筵宴，專請小舅端王。這端王乃是神宗天子第十一子，哲宗皇帝御弟，現掌東駕，排號九大王，是個聰明俊俏人物。這浮浪子弟門風，幫閑之事，無一般不曉，無一般不會，更無一般不愛。更兼琴棋書畫，儒釋道教，無所不通。踢毬打彈，品竹調絲，吹彈歌舞，自不必說。當日王都尉府中準備筵宴，水陸俱備。但見：

香焚寶鼎，花插金瓶。仙音院競奏新聲，教坊司頻逞妙藝。水晶壺内，盡都是紫府瓊漿；琥珀杯中，滿泛着瑶池玉液。玳瑁盤堆仙桃异果，玻璃碗供熊掌駝蹄。鱗鱗膾切銀絲，細細茶烹玉蕊。紅裙舞女，盡隨着象板鸞簫；翠袖歌姬，簇捧定龍笙鳳管。兩行珠翠立階前，一派笙歌臨座上。

且說這端王來王都尉府中赴宴，都尉設席，請端王居中坐定，太尉對席相陪。酒進數杯，食供兩套，那端王起身净手，偶來書院裏少歇，猛見書案上一對兒羊脂玉碾成的鎮紙獅子，極是做得好，細巧玲瓏。端王拿起獅子，不落手看了一回道：『好！』王都尉見端王心愛，便說道：『再有一個玉龍筆架，也是這個匠人一手做的，却不在手頭，明日取來，一并相送。』端王大喜道：『深謝厚意。想那筆架必是更妙。』王都尉道：『明日取出來，送至宮中便見。』端王又謝了。兩個依舊入席，飲宴至暮，盡醉方散。端王相别回宮去了。

次日，小王都太尉取出玉龍筆架和兩個鎮紙玉獅子，着一個小金盒子盛了，用黄羅包袱包了，寫了一封書呈，却使高俅送去。高俅領了王都尉鈞旨，將着兩般玉玩器，懷中揣了書呈，徑投端王宮中來。把門官吏轉報與院公。

没多時，院公出來問：『你是那個府裏來的人？』高俅施禮罷，答道：『小人是王駙馬府中，特送玉玩器來進大王。』院公道：『殿下在庭心裏和小黄門踢氣球，你自過去。』高俅道：『相煩引進。』院公引到庭前。高俅看時，見端王頭戴軟紗唐巾，身穿紫綉龍袍，腰系文武雙穗縧，把綉龍袍前襟拽扎起，揣在縧兒邊，足穿一雙嵌金綫飛鳳靴，三五個小黄門相伴着蹴氣球。高俅不敢過去衝撞，立在從人背後伺候。也是高俅合當發迹，時運到來，那個氣球騰地起來，端王接個不着，向人叢裏直滚到高俅身邊。那高俅見氣球來，也是一時的膽量，使個鴛鴦拐，踢還端王。端王見了大喜，便問道：『你是甚人？』高俅向前跪下道：『小的是王都尉親隨，受東人使令，賫送兩般玉玩器來進獻大王。有書呈在此拜上。』端王聽罷，笑道：『姐夫直如此挂心。』高俅取出書呈進上。端王開盒子看了玩器，都遞與堂候官收了去。

那端王且不理玉玩器下落，却先問高俅道：『你原來會踢氣球。你唤做什麽？』高俅叉手跪復道：『小的叫做高俅。胡踢得幾脚。』端王道：『好！你便下場來踢一回耍。』高俅拜道：『小的是何等樣人，敢與恩王下脚！』端王道：『這是「齊雲社」，名爲「天下圓」，但踢何傷。』高俅再拜道：『怎敢。』三回五次告辭。端王定要他踢，高俅衹得叩頭謝罪，解膝下場。才踢幾脚，端王喝采。高俅衹得把平生本事都使出來，奉承端王。那身分模樣，這氣球一似鰾膠粘在身上的。端王大喜，那裏肯放高俅回府去，就留在宫中過了一夜。次日，排個筵會，專請王都尉宫中赴宴。

却説王都尉當日晚不見高俅回來，正疑思間，衹見次日門子報道：『九大王差人來傳令旨，請太尉到宫中赴宴。』王都尉出來見了幹人，看了令旨，隨即上馬來到九大王府前，下馬入宫，來見了端王。端王大喜，稱謝兩般玉玩器。入席飲宴間，端王説道：『這高俅踢得兩脚好氣球，孤欲索此人做親隨，如何？』王都尉答道：『殿下既用此人，就留在宫中伏侍殿下。』端王歡喜，執杯相謝。二人又閑話一回，至晚席散，王都尉自回駙馬府去，不在話下。

且説端王自從索得高俅做伴之後，就留在宫中宿食。高俅自此遭際端王，每日跟着，寸步不離。未及兩個月，哲宗皇帝晏駕，無有太子，文武百官商議，册立端王爲天子，立帝號曰徽宗，便是玉清教主微妙道君皇帝。登基之後，一向無事。忽一日，與高俅道：『朕欲要抬舉你，但有邊功，方可升遷，先教樞密院與你入名，衹是做隨駕遷轉的人。』後來没半年之間，直抬舉高俅做到殿帥府太尉職事。

且説高俅得做了殿帥府太尉，選揀吉日良辰，去殿帥府裏到任。所有一應合屬公吏衙將，都軍禁軍，馬步人等，盡來參拜，各呈手本，開報花名。高殿帥一一點過，于内衹欠一名八十萬禁軍教頭王進，半月之前，已有病狀在官，患病未痊，不曾入衙門管事。高殿帥大怒，喝道：『胡説！既有手本呈來，却不是那廝抗拒官府，搪塞下官。此人即系推病在家，快與我拿來！』隨即差人到王進家來，捉拿王進。

且説這王進却無妻子，止有一個老母，年已六旬之上。牌頭與教頭王進説道：『如今高殿帥新來上任，點你不着，軍正司禀説染患在家，現有病患狀在官。高殿帥焦躁，那裏肯信？定要拿你，衹道是教頭詐病在家，教頭衹得去走一遭。若還不去，定連累衆人，小人也有罪犯。』

王進聽罷，衹得捱着病來。進得殿帥府前，參見太尉，拜了四拜，躬身唱個喏，起來立在一邊。高俅道：『你那廝便是都軍教頭王升的兒子？』王進禀道：『小人便是。』高俅喝道：『這廝！你爺是街市上使花棒賣藥的，你省的什麽武藝！前官没眼，參你做個教頭，如何敢小覷我，不伏俺點視！你托誰的勢，要推病在家，安閑快樂！』王進告道：『小人怎敢！其實患病未痊。』高太尉罵道：『賊配軍！你既害病，如何來得？』王進又告道：『太尉呼唤，安敢不來。』高殿帥大怒，喝令左右，教拿下王進：『加力與我打這廝！』衆多牙將都是和王進好的，衹得與軍正司同告道：『今日是太尉上任，好日頭，權免此人這一次。』高太尉喝道：『你這賊配軍，且看衆將之面，饒恕你今日之犯，明日却和你理會！』王進謝罪罷，起來抬頭看了，認得是高俅。出得衙門，嘆口氣道：『俺的性命今番難保了！俺道是什麽高殿帥，却原來正是東京幫閑的「圓社」高二。比先時曾學使棒，被我父親一棒打翻，三四個月將息不起，有此之仇。他今日發迹，得做殿帥府太尉，正待要報仇，我不想正屬他管。自古道：不怕官，祗怕管。俺如何與他爭得！怎生奈何是好？」回到家中，悶悶不已。對娘説知此事，母子二人抱頭而哭。娘道：「我兒，三十六着，走爲上着。祗恐没處走。」王進道：「母親説得是。兒子尋思，也是這般計較。祗有延安府老种經略相公鎮守邊庭，他手下軍官，多有曾到京師，愛兒子使槍棒的極多。何不逃去投奔他們？那裏是用人去處，足可安身立命。」娘兒兩個商議定了。其母又道：「我兒，和你要私走，祗恐門前兩個牌軍是殿帥府撥來伏侍你的，他若得知，須走不脱。」王進道：「不妨。母親放心，兒子自有道理措置他。」

當下日晚未昏，王進先叫張牌入來，分付道：「你先吃了些晚飯，我使你一處去幹事。」張牌道：「教頭使小人那裏去？」王進道：「我因前日病患，許下酸棗門外岳廟裏香願，明日早要去燒炷頭香。你可今晚先去，分付廟祝，教他來日早些開廟門，等我來燒炷頭香，就要三牲獻劉李王。你就廟裏歇了等我。」張牌答應，先吃了晚飯，叫了安置，望廟中去了。

當夜子母二人，收拾了行李衣服，細軟銀兩，做一擔兒打挾了。又裝兩個料袋袱駝，拴在馬上。等到五更天色未明，王進叫起李牌，分付道：「你與我將這些銀兩，去岳廟裏和張牌買個三牲煮熟，在那裏等候。我買些紙燭，隨後便來。」李牌將銀子望廟中去了。王進自去備了馬，牽出後槽，將料袋袱駝搭上，把索子拴縛牢了，牽在後門外，扶娘上了馬。家中粗重都弃了，鎖上前後門，挑了擔兒，跟在馬後。趁五更天色未明，乘勢出了西華門，取路望延安府來。

且説兩個牌軍買了福物煮熟，在廟等到巳牌，也不見來。李牌心焦，走回到家中尋時，見鎖了門，兩頭無路。尋了半日，并無有人曾見。看看待晚，岳廟裏張牌疑忌，一直奔回家來，又和李牌尋了一黄昏，看看黑了。兩個見他當夜不歸，又不見了他老娘。次日，兩個牌軍又去他親戚之家訪問，亦無尋處。兩個恐怕連累，祗得去殿帥府首告：「王教頭弃家在逃，子母不知去向。」高太尉見告了，大怒道：「賊配軍在逃，看那厮待走那裏去！」隨即押下文書，行開諸州各府，捉拿逃軍王進。二人首告，免其罪責，不在話下。

且説王教頭母子二人，自離了東京，在路免不得飢餐渴飲，夜住曉行，在路上一月有餘。忽一日，天色將晚，王進挑着擔兒跟在娘的馬後，口裏與母親説道：「天可憐見，慚愧了！我子母兩個，脱了這天羅地網之厄。此去延安府不遠了，高太尉便要差人拿我也拿不着了。」子母兩個歡喜，在路上不覺錯過了宿頭。走了這一晚，不遇着一處村坊，那裏去投宿是好？正没理會處，祗見遠遠地林子裏閃出一道燈光來。王進看了道：「好了！遮莫去那裏陪個小心，借宿一宵，明日早行。」當時轉入林子裏來看時，却是一所大莊院，一周遭都是土墻，墻外却有二三百株大柳樹。看那莊院，但見：

前通官道，後靠溪岡。一周遭楊柳緑陰濃，四下裏喬松青似染。草堂高起，盡按五運山莊；亭館低軒，直造倚山臨水。轉屋角牛羊滿地，打麥場鵝鴨成群。田園廣野，負傭莊客有千人；家眷軒昂，女使兒童難計數。正是：家有餘糧鷄犬飽，户多書籍子孫賢。

當時王教頭來到莊前，敲門多時，祗見一個莊客出來。王進放下擔兒，與他施禮。莊客道：「來俺莊上有甚事？」王進答道：「實不相瞞，小人子母二人，貪行了些路程，錯過了宿店。來到這裏，前不巴村，後不巴店，欲投貴莊借宿一宵，明日早行。依例拜納房金，萬望周全方便。」莊客道：「既是如此，且等一等，待我去問莊主太公，肯時，但歇不妨。」王進又道：「大哥方便。」莊客入去多時，出來説道：「莊主太公教你兩個入來。」王進請娘下了馬。王進挑着擔兒，就牽了馬，隨莊客到裏面打麥場上，歇下擔兒，把馬拴在柳樹上。子母兩個直到草堂上來見太公。

那太公年近六旬之上，鬚髮皆白，頭戴遮塵暖帽，身穿直縫寬衫，腰系皂絲縧，足穿熟皮靴。王進見了便拜。

太公連忙道：『客人休拜，且請起來。你們是行路的人，辛苦風霜，且坐一坐。』王進母子兩個叙禮罷，都坐定。太公問道：『你們是那裏來？如何昏晚到此？』王進答道：『小人姓張，原是京師人，今來消折了本錢，無可營用，要去延安府投奔親眷。不想今日路上貪行了些程途，錯過了宿店，欲投貴莊借宿一宵，來日早行。房金依例拜納。』太公道：『不妨，如今世上人那個頂着房屋走哩。你子母二位，敢未打火？』叫莊客安排飯來。没多時，就廳上放開條桌子。莊客托出一桶盤，四樣菜蔬，一盤牛肉，鋪放桌子上，先燙酒來篩下。太公道：『村落中無甚相待，休得見怪。』王進起身謝道：『小人子母無故相擾，得蒙厚意，此恩難報。』太公道：『休這般説，且請吃酒。』一面勸了五七杯酒，搬出飯來，二人吃了，收拾碗碟。太公起身，引王進子母到客房中安歇。王進告道：『小人母親騎的頭口，相煩寄養，草料望乞應付，一發拜還。』太公道：『這個不妨。我家也有頭口騾馬，教莊客牽去後槽，一發喂養。』王進謝了，挑那擔兒到客房裏來。莊客點上燈火，一面提湯來洗了脚。太公自回裏面去了。王進子母二人謝了莊客，掩上房門，收拾歇息。

次日，睡到天曉，不見起來。莊主太公來到客房前過，聽得王進子母在房中聲喚。太公問道：『客官，天曉，好起了。』王進聽得，慌忙出房來，見太公施禮，説道：『小人起多時了。夜來多多攪擾，甚是不當。』太公問道：『誰人如此聲喚？』王進道：『實不相瞞太公説，老母鞍馬勞倦，昨夜心疼病發。』太公道：『既然如此，客人休要煩惱，教你老母且在老夫莊上住幾日。我有個醫心疼的方，叫莊客去縣裏撮藥來，與你老母親吃。教他放心，慢慢地將息。』王進謝了。

話休絮煩，自此王進子母兩個，在太公莊上服藥。住了五七日，覺得母親病患痊了，王進收拾要行。當日因來後槽看馬，衹見空地上一個後生脱膊着，刺着一身青龍，銀盤也似一個面皮，約有十八九歲，拿條棒在那裏使。王進看了半晌，不覺失口道：『這棒也使得好了。衹是有破綻，赢不得真好漢！』那後生聽得大怒，喝道：『你是什麼人，敢來笑話我的本事！俺經了七八個有名的師父，我不信倒不如你，你敢和我扠一扠麽？』

説猶未了，太公到來，喝那後生：『不得無禮！』那後生道：『叵耐這厮笑話我的棒法。』太公道：『客人莫不會使槍棒？』王進道：『頗曉得些。敢問長上，這後生是宅上的誰？』太公道：『是老漢的兒子。』王進道：『既然是宅内小官人，若愛學時，小人點撥他端正如何？』太公道：『恁地時，十分好。』便教那後生來拜師父。那後生那裏肯拜，心中越怒道：『阿爹，休聽這厮胡説！若吃他赢得我這條棒時，我便拜他爲師。』王進道：『小官人若是不當真時，較量一棒耍子。』那後生就空地當中，把一條棒使得風車兒似轉，向王進道：『你來！你來！怕的不算好漢。』王進衹是笑，不肯動手。太公道：『客官既是肯教小頑時，使一棒何妨？』王進笑道：『恐衝撞了令郎時，須不好看。』太公道：『這個不妨。若是打折了手脚，也是他自作自受。』

王進道：『恕無禮。』去槍架上拿了一條棒在手裏，來到空地上，使個旗鼓。那後生看了一看，拿條棒滚將入來，徑奔王進。王進托地拖了棒便走，那後生輪着棒又趕入來。王進回身，把棒望空地裏劈將下來。那後生見棒劈來，用棒來隔。王進却不打下來，將棒一掣，却望後生懷裏直搠將來。衹一繳，那後生的棒丢在一邊，撲地望後倒了。王進連忙撇下棒，向前扶住道：『休怪，休怪！』

那後生爬將起來，便去旁邊掇條凳子，納王進坐，便拜道：『我枉自經了許多師家，原來不值半分。師父，没奈何，衹得請教。』王進道：『我子母二人，連日在此攪擾宅上，無恩可報，當以効力。』太公大喜，叫那後生穿了衣裳，一同來後堂坐下。叫莊客殺一個羊，安排了酒食果品之類，就請王進的母親一同赴席。四個人坐定，一面把盞，太公起身勸了一杯酒，説道：『師父如此高强，必是個教頭。小兒有眼不識泰山。』王進笑道：『奸不厮欺，俏不厮瞞。小人不姓張，俺是東京八十萬禁軍教頭王進的便是。這槍棒終日搏弄。爲因新任一個高太尉，原被先父打翻，今做殿帥府太尉，懷挾舊仇，要奈何王進。小人不合屬他所管，和他争不得，衹得子母二人逃上延安府去，投托老种經略相公處勾當。不想來到這裏，得遇長上父子二位如此看待；又蒙救了老母病患，連日管顧，甚是不當。既然令郎肯學時，小人一力奉教。衹是令郎學的，都是花棒，衹好看，上陣無用。小人從新點撥他。』太公見說了，便道：『我兒，可知輸了？快來再拜師父。』那後生又拜了王進。

太公道：『教頭在上，老漢祖居在這華陰縣界，前面便是少華山。這村便喚做史家村，村中總有三四百家，都姓史。老漢的兒子從小不務農業，衹愛刺槍使棒。母親說他不得，慪氣死了，老漢衹得隨他性子。不知使了多少錢財，投師父教他。又請高手匠人，與他刺了這身花綉，肩臂胸膛總有九條龍，滿縣人口順，都叫他做九紋龍史進。教頭今日既到這裏，一發成全了他亦好。老漢自當重重酬謝。』王進大喜道：『太公放心，既然如此說時，小人一發教了令郎方去。』自當日爲始，吃了酒食，留住王教頭子母二人在莊上。史進每日求王教頭點撥，十八般武藝，一一從頭指教。那十八般武藝？

矛、錘、弓、弩、銃、鞭、簡、劍、鏈、撾、斧、鉞并戈、戟、牌、棒與槍、杈。

話說這史進每日在莊上管待王教頭母子二人，指教武藝。史太公自去華陰縣中承當里正，不在話下。不覺荏苒光陰，早過半年之上。正是：

窗外日光彈指過，席間花影坐前移。一杯未進笙歌送，階下辰牌又報時。

前後得半年之上，史進把這十八般武藝，從新學得十分精熟。多得王進盡心指教，點撥得件件都有奧妙。王進見他學得精熟了，自思：『在此雖好，衹是不了。』一日想起來，相辭要上延安府去。史進那裏肯放，說道：『師父，衹在此間過了。小弟奉養你母子二人，以終天年，多少是好！』王進道：『賢弟，多蒙你好心，在此十分之好。衹恐高太尉追捕到來，負累了你，不當穩便，以此兩難。我一心要去延安府，投着在老种經略處勾當。那裏是鎮守邊庭，用人之際，足可安身立命。』

史進并太公苦留不住，衹得安排一個筵席送行。托出一盤，兩個緞子，一百兩花銀謝師。次日，王進收拾了擔兒，備了馬，子母二人相辭史太公、史進。王進請娘乘了馬，望延安府路途進發。史進叫莊客挑了擔兒，親送十里之程，心中難捨。史進當時拜別了師父，灑泪分手，和莊客自回。王教頭依舊自挑了擔兒，跟着馬，和娘兩個，自取關西路裏去了。

話中不說王進去投軍役，衹說史進回到莊上，每日衹是打熬氣力，亦且壯年，又没老小，半夜三更起來演習武藝，白日裏衹在莊後射弓走馬。不到半載之間，史進父親太公染患病癥，數日不起。史進使人遠近請醫士看治，不能痊可，嗚呼哀哉，太公殁了。史進一面備棺椁盛殮，請僧修設好事，追齋理七，薦拔太公。又請道士建立齋醮，超度生天。整做了十數壇好事功果道場，選了吉日良時，出喪安葬。滿村中三四百史家莊户，都來送喪挂孝，埋殯在村西山上祖墳內了。史進家自此無人管業，史進又不肯務農，衹要尋人使家生，較量槍棒。

自史太公死後，又早過了三四個月日。時當六月中旬，炎天正熱。那一日，史進無可消遣，捉個交床，坐在打麥場邊柳陰樹下乘凉。對面松林透過風來，史進喝采道：『好凉風！』正乘凉哩，衹見一個人，探頭探腦在那裏張望。史進喝道：『作怪！誰在那裏張俺莊上？』史進跳起身來，轉過樹背後，打一看時，認得是獵户摽兔李吉。史進喝道：『李吉！張我莊內做什麽？莫不來相脚頭？』李吉向前聲喏道：『大郎，小人要尋莊上矮丘乙郎吃碗酒，因見大郎在此乘凉，不敢過來衝撞。』

史進道：『我且問你，往常時，你衹是擔些野味來我莊上賣，我又不曾虧了你，如何一向不將來賣與我？敢是欺負我没錢？』李吉笑道：『小人怎敢！一向没有野味，以此不敢來。』史進道：『胡說！偌大一個少華山，恁地廣闊，不信没有個獐兒兔兒。』李吉道：『大郎原來不知。如今近日上面添了一伙强人，扎下個山寨，在上面聚集着五七百個小嘍囉，有百十匹好馬。爲頭那個大王喚做神機軍師朱武，第二個喚做跳澗虎陳達，第三個喚做白花蛇楊春。這三個爲頭，打家劫舍，華陰縣裏禁他不得，出三千貫賞錢召人拿他，誰敢上去惹他？因此上小人們不敢上山打捕野味，那討來賣！」史進道：「我也聽得説有强人，不想那厮們如此大弄，必然要惱人。李吉，你今後有野味時，尋些來。」李吉唱個喏，自去了。

史進歸到廳前，尋思：「這厮們大弄，必要來薅惱村坊。既然如此……」便叫莊客揀兩頭肥水牛來殺了，莊内自有造下的好酒，先燒了一陌順溜紙，便叫莊客去請這當村裏三四百史家莊户，都到家中草堂上序齒坐下，教莊客一面把盞勸酒。史進對衆人説道：「我聽得少華山上有三個强人，聚集着五七百小嘍囉，打家劫舍。這厮們既然大弄，必然早晚要來俺村中囉唣。我今特請你衆人來商議，倘若那厮們來時，各家準備。我莊上打起梆子，你衆人可各執槍棒前來救應。你各家有事，亦是如此。遞相救護，共保村坊。如若强人自來，都是我來理會。」衆人道：「我等村農，衹靠大郎做主，梆子響時，誰敢不來。」當晚衆人謝酒，各自分散，回家準備器械。自此史進修整門户墻垣，安排莊院，拴束衣甲，整頓刀馬，提防賊寇，不在話下。

且説少華山寨中三個頭領坐定商議。爲頭的神機軍師朱武，原是定遠人氏，能使兩口雙刀，雖無十分本事，却精通陣法，廣有謀略。第二個好漢姓陳，名達，原是鄴城人氏，使一條出白點鋼槍；第三個好漢姓楊，名春，蒲州解良縣人氏，使一口大杆刀。當日朱武當與陳達、楊春説道：「如今我聽知華陰縣裏出三千貫賞錢，召人捉我們。誠恐來時，要與他厮殺。衹是山寨錢糧欠少，如何不去劫擄些來，以供山寨之用，聚積些糧食在寨裏，防備官軍來時，好和他打熬。」跳澗虎陳達道：「説得是。如今便去華陰縣裏先問他借糧，看他如何。」白花蛇楊春道：「不要華陰縣去，衹去蒲城縣，萬無一失。」陳達道：「蒲城縣人户稀少，錢糧不多。不如衹打華陰縣，那裏人民豐富，錢糧廣有。」楊春道：「哥哥不知，若去打華陰縣時，須從史家村過。那個九紋龍史進是個大蟲，不可去撩撥他。他如何肯放我們過去？」陳達道：「兄弟好懦弱！一個村坊過去不得，怎地敢抵敵官軍？」楊春道：「哥

哥不可小覷了他，那人端的了得。」朱武道：「我也曾聞他十分英雄，説這人真有本事，兄弟休去罷。」陳達叫將起來，説道：「你兩個閉了鳥嘴！長別人志氣，滅自己威風。也衹是一個人，須不三頭六臂，我不信。」喝叫小嘍囉：「快備我的馬來！如今便去先打史家莊，後取華陰縣。」朱武、楊春再三諫勸，陳達那裏肯聽。隨即披挂上馬，點了一百四五十小嘍囉，鳴鑼擂鼓下山，望史家村去了。

且説史進正在莊内整制刀馬，衹見莊客報知此事。史進聽得，就莊上敲起梆子來。那莊前莊後，莊東莊西，三四百史家莊户，聽得梆子響，都拖槍拽棒，聚起三四百人，一齊都到史家莊上。看了史進頭戴一字巾，身披朱紅甲，上穿青錦襖，下着抹緑靴，腰系皮搭膊，前後鐵掩心，一張弓，一壺箭，手裏拿一把三尖兩刃四竅八環刀。莊客牽過那匹火炭赤馬，史進上了馬，綽了刀，前面擺着三四十壯健的莊客，後面列着八九十村蠢的鄉夫，各史家莊户，都跟在後頭，一齊吶喊，直到村北路口擺開。

那少華山陳達，引了人馬，飛奔到山坡下，便將小嘍囉擺開。史進看時，見陳達頭戴乾紅凹面巾，身披裹金生鐵甲，上穿一領紅衲襖，脚穿一對吊墩靴，腰系七尺攢綫搭膊，坐騎一匹高頭白馬，手中横着丈八點鋼矛。小嘍囉兩勢下吶喊，二員將就馬上相見。陳達在馬上看着史進，欠身施禮。史進喝道：「汝等殺人放火，打家劫舍，犯着迷天大罪，都是該死的人。你也須有耳朵，好大膽，直來太歲頭上動土！」陳達在馬上答道：「俺山寨裏欠少些糧食，欲往華陰縣借糧，經由貴莊，借一條路，并不敢動一根草。可放我們過去，回來自當拜謝。」史進道：「胡説！俺家現當里正，正要來拿你這伙賊。今日到來，經由我村中過，却不拿你，倒放你過去！本縣知道，須連累于我。」陳達道：「四海之内，皆兄弟也。相煩借一條路。」史進道：「什麼閑話！我便肯時，有一個不肯。你問得他肯便去。」陳達道：「好漢教我問誰？」

史進道：「你問得我手裏這口刀肯，便放你去。」陳達大怒道：「趕人不要趕上，休得要逞精神！」史進也怒，

輪手中刀，驟坐下馬，來戰陳達。陳達也拍馬挺槍來迎史進。兩個交馬，但見：

一來一往，一上一下。一來一往，有如深水戲珠龍；一上一下，却似半岩爭食虎。左盤右旋，好似張飛敵呂布；前回後轉，渾如敬德戰秦瓊。九紋龍忿怒，三尖刀祇望頂門飛；跳澗虎生嗔，丈八矛不離心坎刺。好手中間逞好手，紅心裏面奪紅心。

史進、陳達兩個鬥了多時，史進賣個破綻，讓陳達把槍望心窩裏搠來，史進却把腰一閃，陳達和槍攧入懷裏來。史進輕舒猿臂，款扭狼腰，祇一挾，把陳達輕輕摘離了嵌花鞍，款款揪住了綫搭膊，丢在馬前受降。那匹戰馬撥風也似去了。史進叫莊客將陳達綁縛了，衆人把小嘍囉一趕都走了。史進回到莊上，將陳達綁在庭心內柱上，等待一發拿了那兩個賊首，一并解官請賞。且把酒來賞了衆人，教權且散。衆人喝采：「不枉了史大郎如此豪杰！」

休說衆人歡喜飲酒，却說朱武、楊春兩個，正在寨裏猜疑，捉摸不定，且教小嘍囉再去探聽消息。祇見回去的人牽着空馬，奔到山前，祇叫道：「苦也！陳家哥哥不聽二位哥哥所說，送了性命。」朱武問其緣故，小嘍囉備說交鋒一節，怎當史進英勇。朱武道：「我的言語不聽，果有此禍。」楊春道：「我們盡數都去，和他死拼如何？」朱武道：「亦是不可。他尚自輸了，你如何拼得他過。我有一條苦計，若救他不得，我和你都休。」楊春問道：「如何苦計？」朱武附耳低言，說道：「祇除恁地。」楊春道：「好計！我和你便去，事不宜遲。」

再說史進正在莊上忿怒未消，祇見莊客飛報道：「山寨裏朱武、楊春自來了。」史進道：「這厮合休，我教他兩個一發解官。快牽過馬來。」一面打起梆子，衆人早都到來。史進上了馬，正待出莊門，祇見朱武、楊春步行已到莊前，兩個雙雙跪下，噙着兩眼淚。史進下馬來喝道：「你兩個跪下如何說？」朱武哭道：「小人等三個，累被官司逼迫，不得已上山落草。當初發願道：『不求同日生，祇願同日死。』雖不及關、張、劉備的義氣，其心則同。今日小弟陳達不聽好言，誤犯虎威，已被英雄擒捉在貴莊，無計懇求，今來一徑就死。望英雄將我三人一發解官請賞，誓不皺眉。我等就英雄手内請死，并無怨心。』史進聽了，尋思道：『他們直恁義氣！我若拿他去解官請賞時，反教天下好漢們耻笑我不英雄。自古道：大蟲不吃伏肉。』史進便道：『你兩個且跟我進來。』朱武、楊春并無懼怯，隨了史進直到後廳前跪下，又教史進綁縛。史進三回五次叫起來，那兩個那裏肯起來。惺惺惜惺惺，好漢識好漢。史進道：『你們既然如此義氣深重，我若送了你們，不是好漢。我放陳達還你如何？』朱武道：『休得連累了英雄，不當穩便。寧可把我們去解官請賞。』史進道：『如何使得。你肯吃我酒食麽？』朱武道：『一死尚然不懼，何況酒肉乎！』當時史進大喜，解放陳達，就後廳上座置酒設席，管待三人。朱武、楊春、陳達拜謝大恩。酒至數杯，少添春色。酒罷，三人謝了史進，回山去了。史進送出莊門，自回莊上。

却説朱武等三人歸到寨中坐下，朱武道：『我們不是這條苦計，怎得性命在此。雖然救了一人，却也難得史進爲義氣上放了我們。過幾日備些禮物送去，謝他救命之恩。』話休絮煩。過了十數日，朱武等三人收拾得三十兩蒜條金，使兩個小嘍囉，趁月黑夜送去史家莊上。當夜初更時分，小嘍囉敲門，莊客報知史進。史進火急披衣，來到門前，問小嘍囉：『有甚話説？』小嘍囉道：『三個頭領再三拜復，特地使小校送些薄禮，酬謝大郎不殺之恩。不要推却，望乞笑留。』取出金子遞與。史進初時推却，次後尋思道：『既然送來，回禮可酬。』受了金子，叫莊客置酒，管待小校。吃了半夜酒，把些零碎銀兩賞了小校回山去了。又過半月有餘，朱武等三人在寨中商議，擄掠得一串好大珠子，又使小嘍囉連夜送來史家莊上。史進受了，不在話下。

又過了半月，史進尋思道：『也難得這三個敬重我，我也備些禮物回奉他。』次日，叫莊客尋個裁縫，自去縣裏買了三匹紅錦，裁成三領錦襖子；又揀肥羊煮了三個，將大盒子盛了，委兩個莊客去送。史進莊上，有個爲頭的莊客王四。此人頗能答應官府，口舌利便，滿莊人都叫他做賽伯當。史進教他同一個得力莊客，挑了盒擔，直送到山下。小嘍囉問了備細，引到山寨裏，見了朱武等。三個頭領大喜，受了錦襖子并肥羊酒禮，把十兩銀子賞了莊客。每人吃了十數碗酒，下山回歸莊内，見了史進，説道：『山上頭領多多上復。』史進自此常常與朱武等三人往來，不時間，衹是王四去山寨裏送物事，不則一日。寨裏頭領也頻頻地使人送金銀來與史進。

荏苒光陰，時遇八月中秋到來。史進要和三人説話，約至十五夜來莊上賞月飲酒。先使莊客王四賫一封請書，直去少華山上，請朱武、陳達、楊春來莊上赴席。王四馳書徑到山寨裏，見了三位頭領，下了來書。朱武看了大喜，三個應允，隨即寫封回書，賞了王四五兩銀子，吃了十來碗酒。王四下得山來，正撞着時常送物事來的小嘍囉，一把抱住，那裏肯放。又拖去山路邊村酒店裏，吃了十數碗酒。王四相别了回莊，一面走着，被山風一吹，酒却涌上來，踉踉蹌蹌，一步一攧。走不得十里之路，見座林子，奔到裏面，望着那緑茸茸莎草地上撲地倒了。原來摽兔李吉正在那山坡下張兔兒，認得是史家莊上王四，趕入林子裏來扶他，那裏扶得動。衹見王四搭膊裏突出銀子來，李吉尋思道：『這厮醉了。那裏討得許多！何不拿他些？』也是天罡星合當聚會，自然生出機會來。李吉解那搭膊，望地下衹一抖，那封回書和銀子都抖出來。李吉拿起，頗識幾字，將書拆開看時，見上面寫着少華山朱武、陳達、楊春，中間多有兼文帶武的言語，却不識得，衹認得三個名字。李吉道：『我做獵户，幾時能發迹。算命道我今年有大財，却在這裏！華陰縣裏現出三千貫賞錢，捕捉他三個賊人。叵耐史進那厮，前日我去他莊上尋矮丘乙郎，他道我來相脚頭踩盤。你原來倒和賊人來往！』銀子并書都拿去了，望華陰縣裏來出首。

却説莊客王四一覺直睡到二更，方醒覺來，看見月光微微照在身上，吃了一驚，跳將起來，却見四邊都是松樹。便去腰裏摸時，搭膊和書都不見了。四下裏尋時，衹見空搭膊在莎草地上。王四衹管叫苦，尋思道：『銀子不打緊，這封回書却怎生好！正不知被甚人拿去了？』眉頭一縱，計上心來，自道：『若回去莊上説脱了回書，大郎必然焦躁，定是趕我出去。不如衹説不曾有回書，那裏查照？』計較定了，飛也似取路歸來莊上，却好五更天氣。史進見王四回來，問道：『你如何方才歸來？』王四道：『托主人福蔭，寨中三個頭領都不肯放，留住王四，吃了半夜酒，因此回來遲了。」史進又問：「曾有回書麽？」王四道：「三個頭領要寫回書，却是小人道：三位頭領既然準來赴席，何必回書？小人又有杯酒，路上恐有些失支脱節，不是耍處。」史進聽了大喜，説道：「不枉了諸人叫做賽伯當，真個了得！」王四應道：「小人怎敢差遲，路上不曾住脚，一直奔回莊上。」史進道：「既然如此，教人去縣裏買些果品、案酒伺候。」

不覺中秋節至，是日晴明得好。史進當日分付家中莊客，宰了一腔大羊，殺了百十個鷄鵝，準備下酒食筵宴。看看天色晚來，怎見得好個中秋？但見：

午夜初長，黄昏已半，一輪月挂如銀。冰盤如晝，賞玩正宜人。清影十分圓滿，桂花玉兔交馨。簾櫳高卷，金杯頻勸酒，歡笑賀升平。年年當此節，酩酊醉醺醺。莫辭終夕飲，銀漢露華新。

且説少華山上朱武、陳達、楊春三個頭領，分付小嘍囉看守寨栅，衹帶三五個做伴，將了樸刀，各挎口腰刀，不騎鞍馬，步行下山，徑來到史家莊上。史進接着，各叙禮罷，請入後園，莊内已安排下筵宴。史進請三位頭領上坐，史進對席相陪。便叫莊客把前後莊門拴了。一面飲酒，莊内莊客輪流把盞，一邊割羊勸酒。酒至數杯，却早東邊推起那輪明月，但見：

桂花離海嶠，雲葉散天衢。彩霞照萬里如銀，素魄映千山似水。一輪爽塏，能分宇宙澄清；四海團圞，射映乾坤皎潔。影横曠野，驚獨宿之烏鴉；光射平湖，照雙栖之鴻雁。冰輪展出三千里，玉兔平吞四百州。

史進正和三個頭領在後園飲酒，賞玩中秋，叙説舊話新言。衹聽得墻外一聲喊起，火把亂明。史進大驚，跳起身來分付：「三位賢友且坐，待我去看。」喝叫莊客：「不要開門。」掇條梯子，上墻打一看時，衹見是華陰縣縣尉在馬上，引着兩個都頭，帶着三四百土兵，圍住莊院。史進和三個頭領衹管叫苦。外面火把光中，照見鋼叉、樸刀、五股叉、留客住，擺得似麻林一般。兩個都頭口裏叫道：「不要走了强賊！」不是這伙人來捉史進并三個頭領，

有分教：史進先殺了一兩個人，結識了十數個好漢，大鬧動河北，直使天罡地煞一齊相會。直教蘆花深處屯兵士，荷葉陰中治戰船。

畢竟史進與三個頭領怎地脱身，且聽下回分解。

第三回　史大郎夜走華陰縣　魯提轄拳打鎮關西

此回方寫過史進英雄，接手便寫魯達英雄；方寫過史進粗糙，接手便寫魯達粗糙；方寫過史進爽利，接手便寫魯達爽利；方寫過史進剴直，接手便寫魯達剴直。作者蓋特地走此險路，以顯自家筆力，讀者亦當處處看他所以定是兩個人，定不是一個人處。毋負良史苦心也。

一百八人，爲頭先是史進一個出名領衆，作者却于少華山上特地爲之表白一遍云：『我要討個出身，求半世快活，如何肯把父母遺體便點污了。』嗟乎！此豈獨史進一人之初心，實惟一百八人之初心也。蓋自一副才調無處擺劃，一塊氣力無處出脱，而桀驁之性既不肯以伏死田塍，而又有其狡猾之尤者起而乘勢呼聚之，而于是討個出身既不可望，點污清白遂所不惜，而一百八人乃盡入于水泊矣。嗟乎！才調皆朝廷之才調也，氣力皆疆埸之氣力也，必不得已而盡入于水泊，是誰之過也？

史進本題，祇是要到老种經略相公處尋師父王進耳，忽然一轉，却就老种經略相公外，另變出一個小种經略相公來，就師父王進外，另變出一個師父李忠來。讀之真如絳雲在霄，伸卷萬象，非復一目之所得定也。

寫魯達爲人處，一片熱血直噴出來，令人讀之，深愧虚生世上，不曾爲人出力。孔子云：『詩可以興。』吾于稗官亦云矣。

打鄭屠忙極矣，却處處夾敘小二報信，然第一段祇是小二一個，第二段小二外又陪出買肉主顧，第三段又添出過路的人，不直文情如綺，并事情亦如鏡，我欲刳視其心矣。

話說當時史進道：『却怎生是好？』朱武等三個頭領跪下道：『哥哥，你是乾净的人，休爲我等連累了。大郎可把索來綁縛我三個出去請賞，免得負累了你不好看。』史進道：『如何使得！恁地時，是我賺你們來捉你請賞，枉惹天下人笑我。若是死時，與你們同死，活時同活。你等起來，放心，别作圓便。且等我問個來歷緣故情由。』

史進上梯子問道：『你兩個都頭，何故半夜三更來劫我莊上？』那兩個都頭答道：『大郎，你兀自賴哩，現有原告人李吉在這裏。』史進喝道：『李吉，你如何誣告平人？』李吉應道：『我本不知，林子裏拾得王四的回書，一時間把在縣前看，因此事發。』史進叫王四問道：『你説無回書，如何却又有書？』王四道：『便是小人一時醉了，忘記了回書。』史進大喝道：『畜生，却怎生好！』外面都頭人等懼怕史進了得，不敢奔入莊裏來捉人。三個頭領把手指道：『且答應外面。』史進會意，在梯子上叫道：『你兩個都頭都不要鬧動，權退一步，我自綁縛出來解官請賞。』那兩個都頭却怕史進，祇得應道：『我們都是没事的，等你綁出來同去請賞。』史進下梯子，來到廳前，先叫王四，帶進後園，把來一刀殺了。喝教許多莊客，把莊裏有的没的細軟等物，即便收拾，盡教打迭起了，一壁點起三四十個火把。莊裏史進和三個頭領，全身披挂，槍架上各人跨了腰刀，拿了樸刀，拽扎起，把莊後草屋點着。莊客各自打拴了包裹。外面見裏面火起，都奔來後面看。且説史進就中堂又放起火來，大開了莊門，吶聲喊，殺將出來。

史進當頭，朱武、楊春在中，陳達在後，和小嘍囉并莊客，一衝一撞，指東殺西。史進却是個大蟲，那裏攔當得住？後面火光竟起，殺開條路，衝將出來，正迎着兩個都頭并李吉。史進見了大怒，仇人相見，分外眼明。兩個都頭見頭勢不好，轉身便走。李吉也却待回身，史進早到，手起一樸刀，把李吉斬做兩段。兩個都頭正待走時，陳達、楊春趕上，一家一樸刀，結果了兩個性命。縣尉驚得跑馬走回去了。衆士兵那裏敢向前，各自逃命散了，不知去向。史進引着一行人，且殺且走，衆官兵不敢趕來，各自散了。史進和朱武、陳達、楊春，并莊客人等，都到少華山上寨内坐下，喘息方定。朱武等到寨中，忙教小嘍囉一面殺牛宰馬，賀喜飲宴，不在話下。

一連過了幾日，史進尋思：『一時間要救三人，放火燒了莊院，雖是有些細軟，家財粗重什物盡皆没了。』心内躊躇，在此不了，開言對朱武等説道：『我的師父王教頭，在關西經略府勾當，我先要去尋他，祇因父親死了，不曾去得。今來家私莊院廢盡，我如今要去尋他。』朱武三人道：『哥哥休去，衹在我寨中且過幾時，又作商議。如是哥哥不願落草時，待平靜了，小弟們與哥哥重整莊院，再作良民。』史進道：『雖是你們的好情分，衹是我心去意難留。我想家私什物盡已沒了，再要去重整莊院，想不能夠。我今去尋師父，也要那裏討個出身，求半世快樂。』朱武道：『哥哥便衹在此間做個寨主，却不快活。雖然寨小，不堪歇馬。』史進道：『我是個清白好漢，如何肯把父母遺體來點污了。你勸我落草，再也休題。』史進住了幾日，定要去。朱武等苦留不住。史進帶去的莊客，都留在山寨。衹自收拾了些少碎銀兩，打拴一個包裹，餘者多的盡數寄留在山寨。史進頭戴白范陽氈大帽，上撒一撮紅纓，帽兒下裹一頂渾青抓角軟頭巾，項上明黃縷帶，身穿一領白紵絲兩上領戰袍，腰系一條揸五指梅紅攢綫搭膊，青白間道行纏絞脚，襯着踏山透土多耳麻鞋，跨一口銅鈸磬口雁翎刀，背上包裹，提了樸刀，辭別朱武等三人。衆多小嘍囉都送下山來，朱武等灑泪而别，自回山寨去了。

衹説史進提了樸刀，離了少華山，取路投關西五路，望延安府路上來。但見：

崎嶇山嶺，寂寞孤村。披雲霧夜宿荒林，帶曉月朝登險道。落日趲行聞犬吠，嚴霜早促聽鷄鳴。

史進在路，免不得飢食渴飲，夜住曉行。獨自一個，行了半月之上，來到渭州。『這裏也有經略府，莫非師父王教頭在這裏？』史進便入城來看時，依然有六街三市。衹見一個小小茶坊，正在路口。史進便入茶坊裏來，揀一副座位坐了。茶博士問道：『客官吃甚茶？』史進道：『吃個泡茶。』茶博士點個泡茶，放在史進面前。史進問道：『這裏經略府在何處？』茶博士道：『衹在前面便是。』史進道：『借問經略府内有個東京來的教頭王進麽？』茶博士道：『這府裏教頭極多，有三四個姓王的，不知那個是王進？』道猶未了，衹見一個大漢大踏步竟入來，走進茶坊裏。史進看他時，是個軍官模樣。怎生結束？但見：

頭裹芝麻羅萬字頂頭巾，腦後兩個太原府紐絲金環，上穿一領鸚哥緑紵絲戰袍，腰系一條文武雙股鴉青絛，

足穿一雙鷹爪皮四縫乾黄靴。生得面圓耳大，鼻直口方，腮邊一部貉䙓胡鬚。身長八尺，腰闊十圍。

那人入到茶坊裏面坐下。茶博士便道：『客官要尋王教頭，衹問這個提轄便都認得。』史進忙起身施禮，便道：『官人請坐拜茶。』那人見了史進長大魁偉，像條好漢，便來與他施禮。兩個坐下，史進道：『小人大膽，敢問官人高姓大名？』那人道：『灑家是經略府提轄，姓魯，諱個達字。敢問阿哥，你姓什麽？』史進道：『小人是華州華陰縣人氏，姓史名進。請問官人，小人有個師父，是東京八十萬禁軍教頭，姓王名進，不知在此經略府中有也無？』魯提轄道：『阿哥，你莫不是史家村什麽九紋龍史大郎？』史進拜道：『小人便是。』魯提轄連忙還禮，説道：『聞名不如見面，見面勝似聞名。你要尋王教頭，莫不是在東京恶了高太尉的王進？』史進道：『正是那人。』魯達道：『俺也聞他名字。那個阿哥不在這裏。灑家聽得說，他在延安府老种經略相公處勾當。俺這渭州，却是小种經略相公鎮守。那人不在這裏。你既是史大郎時，多聞你的好名字，你且和我上街去吃杯酒。』魯提轄挽了史進的手，便出茶坊來。魯達回頭道：『茶錢灑家自還你。』茶博士應道：『提轄但吃不妨，衹顧去。』

兩個挽了胳膊，出得茶坊來，上街行得三五十步，衹見一簇衆人圍住白地上。史進道：『兄長，我們看一看。』分開人衆看時，中間裏一個人，仗着十來條杆棒，地上攤着十數個膏藥，一盤子盛着，插把紙標兒在上面，却原來是江湖上使槍棒賣藥的。史進看了，却認的他，原來是教史進開手的師父，叫做打虎將李忠。史進就人叢中叫道：『師父，多時不見。』李忠道：『賢弟如何到這裏？』魯提轄道：『既是史大郎的師父，同和俺去吃三杯。』李忠道：『待小子賣了膏藥，討了回錢，一同和提轄去。』魯達道：『誰耐煩等你，去便同去。』李忠道：『小人的衣飯，無計奈何。提轄先行，小人便尋將來。賢弟，你和提轄先行一步。』魯達焦躁，把那看的人一推一跤，便罵道：『這厮們挾着屁股撒開，不去的灑家便打。』衆人見是魯提轄，一哄都走了。李忠見魯達凶猛，敢怒而不敢言，衹得陪笑道：『好急性的人。』當下收拾了行頭藥囊，寄頓了槍棒，三個人轉彎抹角，來到州橋之下，一個潘家有名的酒

店。門前挑出望竿，挂着酒旆，漾在空中飄蕩。怎見得好座酒肆？有詩爲證：

風拂烟籠錦旆揚，太平時節日初長。能添壯士英雄膽，善解佳人愁悶腸。
三尺曉垂楊柳外，一竿斜插杏花旁。男兒未遂平生志，且樂高歌入醉鄉。

三人上到潘家酒樓上，揀個濟楚閣兒裏坐下。魯提轄坐了主位，李忠對席，史進下首坐了。酒保唱了喏，認得是魯提轄，便道：「提轄官人，打多少酒？」魯達道：「先打四角酒來。」一面鋪下菜蔬果品案酒，又問道：「官人，吃甚下飯？」魯達道：「問什麼！但有，衹顧賣來，一發算錢還你。這厮衹顧來聒噪！」酒保下去，隨即盪酒上來，但是下口肉食，衹顧將來，擺一桌子。三個酒至數杯，正説些閑話，較量些槍法，説得入港，衹聽得隔壁閣子裏有人哽哽咽咽啼哭。魯達焦躁，便把碟兒盞兒都丢在樓板上。酒保聽得，慌忙上來看時，見魯提轄氣憤憤地。酒保抄手道：「官人要甚東西，分付買來。」魯達道：「灑家要什麼！你也須認的灑家，却恁地教什麼人在間壁吱吱的哭，攪俺弟兄們吃酒。灑家須不曾少了你酒錢。」酒保道：「官人息怒。小人怎敢教人啼哭，打攪官人吃酒。這個哭的，是綽酒座兒唱的父女兩人，不知官人們在此吃酒，一時間自苦了啼哭。」魯提轄道：「可是作怪，你與我唤的他來。」酒保去叫，不多時，衹見兩個到來。前面一個十八九歲的婦人，背後一個五六十歲的老兒，手裏拿串拍板，都來到面前。看那婦人，雖無十分的容貌，也有些動人的顔色。但見：

鬅鬆雲髻，插一枝青玉簪兒；裊娜纖腰，系六幅紅羅裙子。素白舊衫籠雪體，淡黄軟襪襯弓鞋。蛾眉緊蹙，汪汪泪眼落珍珠；粉面低垂，細細香肌消玉雪。若非雨病雲愁，定是懷憂積恨。

那婦人拭着泪眼，向前來深深的道了三個萬福。那老兒也都相見了。魯達問道：「你兩個是那裏人家？爲甚啼哭？」那婦人便道：「官人不知，容奴告禀。奴家是東京人氏，因同父母來這渭州投奔親眷，不想搬移南京去了。母親在客店裏染病身故。子父二人流落在此生受。此間有個財主，叫做鎮關西鄭大官人，因見奴家，便使强媒硬保，

要奴作妾。誰想寫了三千貫文書，虚錢實契，要了奴家身體。未及三個月，他家大娘子好生利害，將奴趕打出來，不容完聚。着落店主人家，追要原典身錢三千貫。父親懦弱，和他爭執不得，他又有錢有勢。當初不曾得他一文，如今那討錢來還他。没計奈何，父親自小教得奴家些小曲兒，來這裏酒樓上趕座子。每日但得些錢來，將大半還他，留些少父女們盤纏。這兩日酒客稀少，違了他錢限，怕他來討時，受他羞耻。父女們想起這苦楚來，無處告訴，因此啼哭。不想誤觸犯了官人，望乞恕罪，高抬貴手。」

魯提轄又問道：「你姓什麼？在那個客店裏歇？那個鎮關西鄭大官人在那裏住？」老兒答道：「老漢姓金，排行第二。孩兒小字翠蓮。鄭大官人便是此間狀元橋下賣肉的鄭屠，綽號鎮關西。老漢父子兩個，衹在前面東門裏魯家客店安下。」魯達聽了道：「呸！俺衹道那個鄭大官人，却原來是殺猪的鄭屠。這個腌臢潑才，投托着俺小种經略相公門下，做個肉鋪户，却原來這等欺負人。」回頭看着李忠、史進道：「你兩個且在這裏，等灑家去打死了那厮便來。」史進、李忠抱住勸道：「哥哥息怒，明日却理會。」兩個三回五次勸得他住。

魯達又道：「老兒，你來。灑家與你些盤纏，明日便回東京去如何？」父子兩個告道：「若是能夠得回鄉去時，便是重生父母，再長爺娘。衹是店主人家如何肯放？鄭大官人須着落他要錢。」魯提轄道：「這個不妨事，俺自有道理。」便去身邊摸出五兩來銀子，放在桌上，看着史進道：「灑家今日不曾多帶得些出來，你有銀子借些與俺，灑家明日便送還你。」史進道：「直什麼，要哥哥還。」去包裹裏取出一錠十兩銀子，放在桌上。魯達看着李忠道：「你也借些出來與灑家。」李忠去身邊摸出二兩來銀子。魯提轄看了，見少，便道：「也是個不爽利的人。」魯達衹把這十五兩銀子與了金老，分付道：「你父子兩個將去做盤纏。一面收拾行李。俺明日清早來發付你兩個起身，看那個店主人敢留你！」金老并女兒拜謝去了。

魯達把這二兩銀子丢還了李忠。三人再吃了兩角酒，下樓來叫道：「主人家，酒錢灑家明日送來還你。」主人

家連聲應道：『提轄衹顧自去，但吃不妨，衹怕提轄不來賒。』三個人出了潘家酒肆，到街上分手。史進、李忠各自投客店去了。衹說魯提轄回到經略府前下處，到房裏，晚飯也不吃，氣憤憤的睡了。主人家又不敢問他。

再說金老得了這一十五兩銀子，回到店中，安頓了女兒，先去城外遠處覓下一輛車兒，回來收拾了行李，還了房宿錢，算清了柴米錢，衹等來日天明。當夜無事。次早五更起來，父女兩個先打火做飯，吃罷，收拾了。天色微明，衹見魯提轄大踏步走入店裏來，高聲叫道：『店小二，那裏是金老歇處？』小二哥道：『金公，提轄在此尋你。』金老開了房門，便道：『提轄官人裏面請坐。』魯達道：『坐什麽！你去便去，等什麽！』金老引了女兒，挑了擔兒，作謝提轄，便待出門。店小二攔住道：『金公，那裏去？』魯達問道：『他少你房錢？』小二道：『小人房錢，昨夜都算還了。須欠鄭大官人典身錢，着落在小人身上看管他哩。』魯提轄道：『鄭屠的錢，灑家自還他。你放這老兒還鄉去。』那店小二那裏肯放。魯達大怒，叉開五指，去那小二臉上衹一掌，打的那店小二口中吐血；再復一拳，打下當門兩個牙齒。小二爬將起來，一道烟走了。店主人那裏敢出來攔他。金老父子兩個，忙忙離了店中，出城自去尋昨日覓下的車兒去了。且說魯達尋思，恐怕店小二趕去攔截他，且向店裏掇條凳子，坐了兩個時辰。約莫金公去的遠了，方才起身，徑投狀元橋來。

且說鄭屠開着兩間門面，兩副肉案，懸挂着三五片猪肉。鄭屠正在門前櫃身內坐定，看那十來個刀手賣肉。魯達走到門前，叫聲：『鄭屠！』鄭屠看時，見是魯提轄，慌忙出櫃身來唱喏道：『提轄恕罪。』便叫副手掇條凳子來，『提轄請坐。』魯達坐下道：『奉着經略相公鈞旨，要十斤精肉，切做臊子，不要見半點肥的在上頭。』鄭屠道：『使得，你們快選好的切十斤去。』魯提轄道：『不要那等腌臢厮們動手，你自與我切。』鄭屠道：『說得是，小人自切便了。』自去肉案上揀了十斤精肉，細細切做臊子。那店小二把手帕包了頭，正來鄭屠家報說金老之事，却見魯提轄坐在肉案門邊，不敢攏來，衹得遠遠的立住在房檐下望。這鄭屠整整的自切了半個時辰，用荷葉包了，道：『提轄，教人送去？』魯達道：『送什麽！且住，再要十斤都是肥的，不要見些精的在上面，也要切做臊子。』鄭屠道：『却才精的，怕府裏要裹餛飩。肥的臊子何用？』魯達睜着眼道：『相公鈞旨分付灑家，誰敢問他。』鄭屠道：『是合用的東西，小人切便了。』又選了十斤實膘的肥肉，也細細的切做臊子，把荷葉來包了。整弄了一早晨，却得飯罷時候。那店小二那裏敢過來，連那正要買肉的主顧也不敢攏來。鄭屠道：『着人與提轄拿了，送將府裏去。』魯達道：『再要十斤寸金軟骨，也要細細地剁做臊子，不要見些肉在上面。』鄭屠笑道：『却不是特地來消遣我。』魯達聽罷，跳起身來，拿着那兩包臊子在手裏，睜眼看着鄭屠說道：『灑家特地要消遣你！』把兩包臊子劈面打將去，却似下了一陣的肉雨。鄭屠大怒，兩條忿氣從脚底下直衝到頂門，心頭那一把無明業火焰騰騰的按納不住，從肉案上搶了一把剔骨尖刀，托地跳將下來。魯提轄早拔步在當街上。衆鄰舍并十來個火家，那個敢向前來勸，兩邊過路的人都立住了脚，和那店小二也驚的呆了。

鄭屠右手拿刀，左手便來要揪魯達。被這魯提轄就勢按住左手，趕將入去，望小腹上衹一脚，騰地踢倒了在當街上。魯達再入一步，踏住胸脯，提起那醋鉢兒大小拳頭，看着這鄭屠道：『灑家始投老种經略相公，做到關西五路廉訪使，也不枉了叫做鎮關西。你是個賣肉的操刀屠户，狗一般的人，也叫做鎮關西！你如何强騙了金翠蓮！』撲的衹一拳，正打在鼻子上，打得鮮血迸流，鼻子歪在半邊，却便似開了個油醬鋪，咸的、酸的、辣的，一發都滚出來。鄭屠掙不起來，那把尖刀也丟在一邊，口裏衹叫：『打得好！』魯達罵道：『直娘賊！還敢應口。』提起拳頭來就眼眶際眉梢衹一拳，打得眼棱縫裂，烏珠迸出，也似開了個彩帛鋪的，紅的、黑的、絳的，都滚將出來。兩邊看的人懼怕魯提轄，誰敢向前來勸？鄭屠當不過，討饒。魯達喝道：『咄！你是個破落户，若是和俺硬到底，灑家倒饒了你。你如今對俺討饒，灑家偏不饒你！』又衹一拳，太陽上正着，却似做了一個全堂水陸的道場，磬兒、鈸兒、鐃兒一齊響。魯達看時，衹見鄭屠挺在地下，口裏衹有出的氣，沒了入的氣，動彈不得。魯提轄假意道：『你這廝詐死，灑家再打。』衹見面皮漸漸的變了。魯達尋思道：『俺衹指望痛打這廝一頓，不想三拳真個打死了他。灑家須吃官司，又没人送飯，不如及早撒開。』拔步便走，回頭指着鄭屠尸道：『你詐死，灑家和你慢慢理會。』一頭罵，一頭大踏步去了。街坊鄰舍并鄭屠的火家，誰敢向前來攔他？魯提轄回到下處，急急卷了些衣服盤纏，細軟銀兩，但是舊衣粗重都弃了。提了一條齊眉短棒，奔出南門，一道烟走了。

且說鄭屠家中衆人，救了半日不活，嗚呼死了。老小鄰人徑來州衙告狀。正直府尹升廳，接了狀子，看罷道：『魯達系是經略府提轄。不敢擅自徑來捕捉凶身。』府尹隨即上轎，來到經略府前，下了轎子，把門軍士入去報知。經略聽得，教請到廳上，與府尹施禮罷。經略問道：『何來？』府尹禀道：『好教相公得知，府中提轄魯達，無故用拳打死市上鄭屠。不曾禀過相公，不敢擅自捉拿凶身。』經略聽說，吃了一驚，尋思道：『這魯達雖好武藝，衹是性格粗滷。今番做出人命事，俺如何護得短？須教他推問使得。』經略回府尹道：『魯達這人，原是我父親老經略處軍官。爲因俺這裏無人幫護，撥他來做提轄。既然犯了人命罪過，你可拿他依法度取問。如若供招明白，擬罪已定，也須教我父親知道，方可斷决。怕日後父親處邊上要這個人時，却不好看。』府尹禀道：『下官問了情由，合行申禀老經略相公知道，方敢斷遣。』

府尹辭了經略相公，出到府前，上了轎，回到州衙裏，升廳坐下。便唤當日緝捕使臣押下文書，捉拿犯人魯達。當時王觀察領了公文，將帶二十來個做公的人，徑到魯提轄下處。衹見房主人道：『却才拕了些包裹，提了短棒出去了。小人衹道奉着差使，又不敢問他。』王觀察聽了，教打開他房門看時，衹有些舊衣舊裳和些被卧在裏面。王觀察就帶了房主人，東西四下裏去跟尋，州南走到州北，捉拿不見。王觀察又捉了兩家鄰舍并房主人，同到州衙廳上回話道：『魯提轄懼罪在逃，不知去向。衹拿得房主人并鄰舍在此。』府尹見說，且教監下。一面教拘集鄭屠家鄰佑人等，點了仵作行人，着仰本地方官人并坊厢里正，再三檢驗已了。鄭屠家自備棺木盛殮，寄在寺院。

一面迭成文案，一壁差人杖限緝捕凶身。原告人保領回家，鄰佑杖斷有失救應。房主人并下處鄰舍，止得個不應。魯達在逃，行開個海捕文書，各處追捉。出賞錢一千貫，寫了魯達的年甲貫址，畫了他的模樣，到處張挂。一干人等疏放聽候。鄭屠家親人自去做孝，不在話下。

且說魯達自離了渭州，東逃西奔，却似：

失群的孤雁，趁月明獨自貼天飛；漏網的活魚，乘水勢翻身衝浪躍。不分遠近，豈顧高低。心忙撞倒路行人，脚快有如臨陣馬。

這魯提轄急急忙忙行過了幾處州府，正是：逃生不避路，到處便爲家。自古有幾般：飢不擇食，寒不擇衣，慌不擇路，貧不擇妻。魯達心慌搶路，正不知投那裏去的是。一迷地行了半月之上，在路却走到代州雁門縣。入得城來，見這市井鬧熱，人烟輳集，車馬駢馳，一百二十行經商買賣，諸物行貨都有，端的整齊。雖然是個縣治，勝如州府。魯提轄正行之間，不覺見一簇人衆，圍住了十字街口看榜。但見：

扶肩搭背，交頸并頭。紛紛不辨賢愚，攘攘難分貴賤。張三蠢胖，不識字衹把頭搖；李四矮矬，看别人也將脚踏。白頭老叟，盡將拐棒柱髭鬚；緑鬢書生，却把文房抄款目。行行總是蕭何法，句句俱依律令行。

魯達看見衆人看榜，挨滿在十字路口，也鑽在人叢裏聽時，魯達却不識字，衹聽得衆人讀道：『代州雁門縣依奉太原府指揮使司該準渭州文字，捕捉打死鄭屠犯人魯達，即系經略府提轄。如有人停藏在家宿食，與犯人同罪。若有人捕獲前來，或首告到官，支給賞錢一千貫文。』魯提轄正聽到那裏，衹聽得背後一個人大叫道：『張大哥，你如何在這裏？』攔腰抱住，扯離了十字路口。不是這個人看見了，橫拖倒拽將去，有分教：魯提轄剃除頭髮，削去髭鬚，倒换過殺人姓名，薅惱殺諸佛羅漢。直教禪杖打開危險路，戒刀殺盡不平人。

畢竟扯住魯提轄的是甚人，且聽下回分解。

第四回　趙員外重修文殊院　魯智深大鬧五臺山

看書要有眼力，非可隨文發放也。如魯達遇着金老，却要轉入五臺山寺。夫金老則何力致魯達于五臺山乎？故不得已，却就翠蓮身上，生出一個趙員外來。所以有個趙員外者，全是作魯達入五臺山之綫索，非爲代州雁門縣有此一個好員外，故必向魯達文中出現也。所以文中凡寫員外愛槍棒、有義氣處，俱不得失口便贊員外也是一個人。要知都像前段金老所云『女兒常常對他孤老説』句中生出來，便見員外祇是愛妾面上着實用情，故後文魯達下五臺處，便有『好生不然』一語，了結員外一向情分。讀者苟不會此，便目不辨牛馬牡牝矣。

寫金老家寫得小様，寫五臺山寫得大様，真是史遷復生。

魯達兩番使酒，要兩様身分，又要句句不相像，雖難矣，然猶人力所及耳。最難最難者，于兩番使酒接連處，如何做個間架。若不做一間架，則魯達日日將惟使酒是務耶？且令讀者一番方了，一番又起，其目光心力，亦接濟不及矣。然要别做間架，其將下何等語，豈真如長老所云『念經誦咒，辦道參禪』者乎？今忽然拓出題外，將前文使酒字面掃刷净盡，然後迤邐悠揚走下山去，并不思酒，何況使酒，真斷鰲煉石之才也。

話説當下魯提轄扭過身來看時，拖扯的不是别人，却是渭州酒樓上救了的金老。那老兒直拖魯達到僻静處，説道：『恩人，你好大膽！現今明明地張挂榜文，出一千貫賞錢捉你，你緣何却去看榜？若不是老漢遇見時，却不被做公的拿了。榜上見寫着你年甲貌相貫址。』魯達道：『灑家不瞞你説，因爲你事，就那日回到狀元橋下，正迎着鄭屠那厮，被灑家三拳打死了。因此上在逃，一到處撞了四五十日，不想來到這裏。你緣何不回東京去，也來到這裏？』金老道：『恩人在上，自從得恩人救了，老漢尋得一輛車子，本欲要回東京去，又怕這厮趕來，亦無恩人在彼搭救，因此不上東京去。隨路望北來，撞見一個京師古鄰，來這裏做買賣，就帶老漢父子兩口兒到這裏。虧殺了他，就與老漢女兒做媒，結交此間一個大財主趙員外，養做外宅，衣食豐足，皆出于恩人。我女兒常常對他孤老説提轄大恩。那個員外也愛刺槍使棒，常説道：「怎地得恩人相會一面也好。」想念如何能够得見。且請恩人到家，過幾日却再商議。』

魯提轄便和金老行不得半里，到門首，祇見老兒揭起簾子，叫道：『我兒，大恩人在此。』那女孩兒濃妝艷裹，從裏面出來，請魯達居中坐了，插燭也似拜了六拜，説道：『若非恩人垂救，怎能够有今日！』魯達看那女子時，另是一般豐韵，比前不同。但見：

金釵斜插，掩映烏雲；翠袖巧裁，輕籠瑞雪。櫻桃口淺暈微紅，春笋手半舒嫩玉。纖腰裊娜，緑羅裙微露金蓮；素體輕盈，紅綉襖偏宜玉體。臉堆三月嬌花，眉掃初春嫩柳。香肌撲簌瑶臺月，翠鬢籠鬆楚岫雲。

那女子拜罷，便請魯提轄道：『恩人上樓去請坐。』魯達道：『不須生受，灑家便要去。』金老便道：『恩人既到這裏，如何肯放教你便去。』老兒接了杆棒包裹，請到樓上坐定。老兒分付道：『我兒陪侍恩人坐一坐，我去安排飯來。』魯達道：『不消多事，隨分便好。』老兒道：『提轄恩念，殺身難報。量些粗食薄味，何足挂齒。』女子留住魯達在樓上坐地，金老下來，叫了家中新討的小厮，分付那個丫鬟一面燒着火，老兒和這小厮上街來，買了些鮮魚、嫩鷄、釀鵝、肥鮓、時新果子之類歸來。一面開酒，收拾菜蔬，都早擺了，搬上樓來。春臺上放下三個盞子，三雙箸，鋪下菜蔬果子下飯等物。丫鬟將銀酒壺燙上酒來，父女二人輪番把盞。金老倒地便拜。魯提轄道：『老人家，如何恁地下禮？折殺俺也。』金老説道：『恩人聽禀，前日老漢初到這裏，寫個紅紙牌兒，旦夕一炷香，父女兩個兀自拜哩。今日恩人親身到此，如何不拜。』魯達道：『却也難得你這片心。』

三人慢慢地飲酒，將及晚也，祇聽得樓下打將起來。魯提轄開窗看時，祇見樓下三二十人，各執白木棍棒，口裏都叫：『拿將下來！』人叢裏一個人騎在馬上，口裏大喝道：『休教走了這賊！』魯達見不是頭，拿起凳子，從樓上打將下來。金老連忙拍手叫道：『都不要動手。』那老兒搶下樓去，直至那騎馬的官人身邊，説了幾句言語。

那官人笑將起來，便喝散了那二三十人，各自去了。那官人下馬，入到裏面，老兒請下魯提轄來。那官人撲翻身便拜道：『聞名不如見面，見面勝似聞名。義士提轄受禮。』魯達便問那金老道：『這官人是誰？素不相識，緣何便拜灑家？』老兒道：『這個便是我兒的官人趙員外。却才祇道老漢引什麼郎君子弟，在樓上吃酒，因此引莊客來厮打。老漢說知，方才喝散了。』魯達道：『原來如此，怪員外不得。』趙員外再請魯提轄上樓坐定，金老重整杯盤，再備酒食相待。趙員外讓魯達上首坐地，魯達道：『灑家怎敢。』員外道：『聊表小弟相敬之禮。多聞提轄如此豪杰，今日天賜相見，實爲萬幸。』魯達道：『灑家是個粗鹵漢子，又犯了該死的罪過，若蒙員外不弃貧賤，結爲相識，但有用灑家處，便與你去。』趙員外大喜，動問打死鄭屠一事，說些閑話，較量些槍法，吃了半夜酒，各自歇了。

次日天明，趙員外道：『此處恐不穩便，可請提轄到敝莊住幾時。』魯達問道：『貴莊在何處？』員外道：『離此間十里多路，地名七寶村便是。』魯達道：『最好。』員外先使人去莊上，叫牽兩匹馬來。未及晌午，馬已到來。員外便請魯提轄上馬，叫莊客擔了行李。魯達相辭了金老父女二人，和趙員外上了馬，兩個并馬行程，于路說些舊話，投七寶村來。不多時，早到莊前下馬。趙員外携住魯達的手，直至草堂上，分賓而坐。一面叫殺羊置酒相待，晚間收拾客房安歇。次日，又備酒食管待。魯達道：『員外錯愛，灑家如何報答。』趙員外便道：『四海之內，皆兄弟也。如何言報答之事。』

話休絮煩。魯達自此之後，在這趙員外莊上住了五七日。忽一日，兩個正在書院裏閑坐說話，祇見金老急急奔來莊上，徑到書院裏，見了趙員外并魯提轄。見没人，便對魯達道：『恩人，不是老漢心多，爲是恩人前日老漢請在樓上吃酒，員外誤聽人報，引領莊客來鬧了街坊，後却散了，人都有些疑心，說開去。昨日有三四個做公的來鄰舍街坊打聽得緊，祇怕要來村裏緝捕恩人。倘或有些疎失，如之奈何？』魯達道：『恁地時，灑家自去便了。』趙員外道：『若是留提轄在此，誠恐有些山高水低，教提轄怨悵；若不留提轄來，許多面皮都不好看。趙某却有個道理，教提轄萬無一失，足可安身避難，祇怕提轄不肯。』魯達道：『灑家是個該死的人，但得一處安身便了，做什麼不肯。』趙員外道：『若如此，最好。離此間三十餘里有座山，唤做五臺山。山上有一個文殊院，原是文殊菩薩道場。寺裏有五七百僧人，爲頭智真長老，是我弟兄。我祖上曾捨錢在寺裏，是本寺的施主檀越。我曾許下剃度一僧在寺裏，已買下一道五花度牒在此，祇不曾有個心腹之人了這條願心。如是提轄肯時，一應費用都是趙某備辦。委實肯落髮做和尚麽？』魯達尋思：『如今便要去時，那裏投奔人？不如就了這條路罷。』便道：『既蒙員外做主，灑家情願做了和尚，專靠員外照管。』當時說定了，連夜收拾衣服盤纏，緞匹禮物，排擔了。

次日早起來，叫莊客挑了，兩個取路望五臺山來。辰牌已後，早到那山下。魯提轄看那五臺山時，果然好座大山。但見：

雲遮峰頂，日轉山腰。嵯峨仿佛接天關，崒嵂參差侵漢表。岩前花木，舞春風暗吐清香；洞口藤蘿，披宿雨倒懸嫩綫。飛雲瀑布，銀河影浸月光寒；峭壁蒼松，鐵角鈴摇龍尾動。

趙員外與魯提轄兩乘轎子抬上山來，一面使莊客前去通報。到得寺前，早有寺中都寺、監寺出來迎接。兩個下了轎子，去山門外亭子上坐定。寺内智真長老得知，引着首座、侍者，出山門外來迎接。趙員外和魯達向前施禮，真長老打了問訊，說道：『施主遠出不易。』趙員外答道：『有些小事，特來上刹相浼。』真長老便道：『且請員外方丈吃茶。』趙員外前行，魯達跟在背後。看那文殊寺，果然是好座大刹。但見：

山門侵峻嶺，佛殿接青雲。鐘樓與月窟相連，經閣共峰巒對立。香積厨通一泓泉水，衆僧寮納四面烟霞。老僧方丈斗牛邊，禪客經堂雲霧裏。白面猿時時獻果，將怪石敲響木魚；黄斑鹿日日銜花，向寶殿供養金佛。七層寶塔接丹霄，千古聖僧來大刹。

當時真長老請趙員外并魯達到方丈。長老邀員外向客席而坐，魯達便去下首坐在禪椅上。員外叫魯達附耳低言：『你來這裏出家，如何便對長老坐地？』魯達道：『灑家不省得。』起身立在員外肩下。面前首座、維那、侍者、監寺、都寺、知客、書記，依次排立東西兩班。莊客把轎子安頓了，一齊搬將盒子入方丈來，擺在面前。長老道：『何故又將禮物來？寺中多有相瀆檀越處。』趙員外道：『些小薄禮，何足稱謝。』道人、行童收拾去了。趙員外起身道：『一事啓堂頭大和尚：趙某舊有一條願心，許剃一僧在上刹，度牒詞簿都已有了，到今不曾剃得。今有這個表弟，姓魯名達，軍漢出身，因見塵世艱辛，情願弃俗出家。萬望長老收録，慈悲慈悲，看趙某薄面，披剃爲僧。一應所用，弟子自當準備，萬望長老玉成，幸甚！』長老見説，答道：『這個事緣，是光輝老僧山門，容易容易。且請拜茶。』衹見行童托出茶來。真長老與趙員外衆人茶罷，收了盞托。真長老便喚首座、維那商議剃度這人，分付監寺、都寺安排辦齋。衹見首座與衆僧自去商議道：『這個人不似出家的模樣，一雙眼却凶險。』衆僧道：『知客，你去邀請客人坐地，我們與長老計較。』知客出來，請趙員外、魯達到客館裏坐地。首座、衆僧禀長老説道：『却才這個要出家的人，形容醜惡，貌相凶頑，不可剃度他，恐久後累及山門。』長老道：『他是趙員外檀越的兄弟，如何撇得他的面皮。你等衆人且休疑心，待我看一看。』焚起一炷信香，長老上禪椅盤膝而坐，口誦咒語，入定去了。一炷香過，却好回來，對衆僧説道：『衹顧剃度他。此人上應天星，心地剛直。雖然時下凶頑，命中駁雜，久後却得清净，正果非凡。汝等皆不及他。可記吾言，勿得推阻。』首座道：『長老衹是護短，我等衹得從他。不諫不是，諫他不從，便了。』

長老叫備齋食，請趙員外等方丈會齋。齋罷，監寺打了單帳，趙員外取出銀兩，教人買辦物料，一面在寺裏做僧鞋、僧衣、僧帽、袈裟、拜具。一兩日都已完備。長老選了吉日良時，教鳴鴻鐘，擊動法鼓，就法堂内會集大衆。整整齊齊五六百僧人，盡披袈裟。都到法座下合掌作禮，分作兩班。趙員外取出銀錠、表禮、信香，向法座前禮拜了，表白宣疏已罷，行童引魯達到法座下。維那教魯達除了巾幘，把頭髮分做九路綰了，捆揲起來。净髮人先把一周遭都剃了，却待剃髭鬚，魯達道：『留了這些兒還灑家也好。』衆僧忍笑不住。真長老在法座上道：『大衆聽偈。』念道：『寸草不留，六根清净。與汝剃除，免得争競。』

長老念罷偈言，喝一聲：『咄，盡皆剃去！』净髮人衹一刀，盡皆剃去，首座呈將度牒上法座前，請長老賜法名。長老拿着空頭度牒而説偈曰：『靈光一點，價值千金。佛法廣大，賜名智深。』

長老賜名已罷，把度牒轉將下來。書記僧填寫了度牒，付與魯智深收受。長老又賜法衣袈裟，教智深穿了。監寺引上法座前，長老用手與他摩頂受記道：『一要皈依三寶，二要皈奉佛法，三要皈敬師友，此是三皈。五戒者：一不要殺生，二不要偷盗，三不要邪淫，四不要貪酒，五不要妄語。』智深不曉得禪宗答應是否兩字，却便道：『灑家記得。』衆僧都笑。受記已罷，趙員外請衆僧到雲堂裏坐下，焚香設齋供獻。大小職事僧人，各有上賀禮物。都寺引魯智深參拜了衆師兄師弟，又引去僧堂背後叢林裏選佛場坐地。當夜無事。

次日，趙員外要回，告辭長老，留連不住，早齋已罷，并衆僧都送出山門。趙員外合掌道：『長老在上，衆師父在此，凡事慈悲。小弟智深乃是愚滷直人，早晚禮數不到，言語冒瀆，誤犯清規，萬望覷趙某薄面，恕免恕免。』長老道：『員外放心，老僧自慢慢地教他念經誦咒，辦道參禪。』員外道：『日後自得報答。』人叢裏唤智深到松樹下，低低分付道：『賢弟，你從今日難比往常，凡事自宜省戒，切不可托大。倘有不然，難以相見。保重，保重。早晚衣服，我自使人送來。』智深道：『不索哥哥説，灑家都依了。』當時趙員外相辭長老，再别了衆人上轎，引了莊客，拖了一乘空轎，取了盒子，下山回家去了。當下長老自引了衆僧回寺。

話説魯智深回到叢林選佛場中禪床上，撲倒頭便睡。上下肩兩個禪和子推他起來，説道：『使不得，既要出家，如何不學坐禪？』智深道：『灑家自睡，干你甚事？』禪和子道：『善哉！』智深喝道：『團魚灑家也吃，什麽善哉！』

禪和子道：『却是苦也。』智深便道：『團魚大腹，又肥甜了好吃，那得苦也？』上下肩禪和子都不睬他，由他自睡了。次日，要去對長老説知智深如此無禮。首座勸道：『長老説道，他後來正果非凡，我等皆不及他，祇是護短。你們且没奈何，休與他一般見識。』禪和子自去了。智深見没人説他，到晚放翻身體，横羅十字，倒在禪床上睡。夜間鼻如雷響，如要起來净手，大驚小怪，祇在佛殿後撒尿撒屎，遍地都是。侍者禀長老説：『智深好生無禮，全没些個出家人體面。叢林中如何安着得此等之人。』長老喝道：『胡説！且看檀越之面，後來必改。』自此無人敢説。

魯智深在五臺山寺中，不覺攧了四五個月。時遇初冬天氣，智深久静思動。當日晴明得好，智深穿了皂布直裰，系了鴉青縧，换了僧鞋，大踏步走出山門來。信步行到半山亭子上，坐在鵝項懶凳上，尋思道：『幹鳥麽！俺往常好酒好肉每日不離口，如今教灑家做了和尚，餓得乾癟了。趙員外這幾日又不使人送些東西來與灑家吃，口中淡出鳥來，這早晚怎地得些酒來吃也好。』正想酒哩，祇見遠遠地一個漢子，挑着一副擔桶，唱上山來。上面蓋着桶蓋，那漢子手裏拿着一個旋子，唱着上來。唱道：

『九里山前作戰場，牧童拾得舊刀槍。順風吹動烏江水，好似虞姬别霸王。』

魯智深觀見那漢子挑擔桶上來，坐在亭子上，看這漢子也來亭子上歇下擔桶。智深道：『兀那漢子，你那桶裏什麽東西？』那漢子道：『好酒。』智深道：『多少錢一桶？』那漢子道：『和尚，你真個也是作耍？』智深道：『灑家和你耍什麽！』那漢子道：『我這酒挑上去，祇賣與寺内火工道人、直廳轎夫、老郎們做生活的吃。本寺長老已有法旨，但賣與和尚們吃了，我們都被長老責罰，追了本錢，趕出屋去。我們現關着本寺的本錢，現住着本寺的屋宇，如何敢賣與你吃？』智深道：『真個不賣？』那漢子道：『殺了我也不賣。』智深道：『灑家也不殺你，祇要問你買酒吃。』那漢子見不是頭，挑了擔桶便走。智深趕下亭子來，雙手拿住扁擔，祇一脚，交襠踢着。那漢

子雙手掩着做一堆，蹲在地下，半日起不得。智深把那兩桶酒，都提在亭子上，地下拾起旋子，開了桶蓋，祇顧舀冷酒吃。無移時，兩桶酒吃了一桶。智深道：『漢子，明日來寺裏討錢。』那漢子方才疼止，又怕寺裏長老得知，壞了衣飯，忍氣吞聲，那裏敢討錢。把酒分做兩半桶挑了，拿了旋子，飛也似下山去了。

祇説魯智深在亭子上坐了半日，酒却上來；下得亭子，松樹根邊又坐了半歇，酒越涌上來。智深把皂直裰褪膊下來，把兩隻袖子纏在腰裏，露出脊背上花綉來，扇着兩個膀子上山來。看時，但見：

頭重脚輕，對明月眼紅面赤；前合後仰，趁清風東倒西歪。踉踉蹌蹌上山來，似當風之鶴，擺擺摇摇回寺去，如出水之龜。脚尖曾踢澗中龍，拳頭要打山下虎。指定天宫，叫駡天蓬元帥，踏開地府，要拿催命判官。裸形赤體醉魔君，放火殺人花和尚。

魯智深看看來到山門下，兩個門子遠遠地望見，拿着竹篦來到山門下，攔住魯智深便喝道：『你是佛家弟子，如何噇得爛醉了上山來。你須不瞎，也見庫局裏貼的曉示：但凡和尚破戒吃酒，决打四十竹篦，趕出寺去；如門子縱容醉的僧人入寺，也吃十下。你快下山去，饒你幾下竹篦。』魯智深一者初做和尚，二來舊性未改，睁起雙眼駡道：『直娘賊！你兩個要打灑家，俺便和你厮打！』門子見勢頭不好，一個飛也似入來報監寺，一個虚拖竹篦攔他。智深用手隔過，叉開五指，去那門子臉上祇一掌，打得踉踉蹌蹌。却待挣扎，智深再復一拳，打倒在山門下，祇是叫苦。智深道：『灑家饒你這厮。』踉踉蹌蹌攧入寺裏來。監寺聽得門子報説，叫起老郎、火工、直廳轎夫三二十人，各執白木棍棒，從西廊下搶出來，却好迎着智深。智深望見，大吼了一聲，却似嘴邊起個霹靂，大踏步搶入來。衆人初時不知他是軍官出身，次後見他行得凶了，慌忙都退入藏殿裏去，便把亮槅關上。智深搶入階來，一拳一脚，打開亮槅，三二十人都趕得没路。奪條棒，從藏殿裏打將出來。

監寺慌忙報知長老。長老聽得，急引了三五個侍者，直來廊下，喝道：『智深不得無禮！』智深雖然酒醉，

却認得是長老，撇了棒，向前來打個問訊，指着廊下，對長老道：『智深吃了兩碗酒，又不曾撩撥他們，他衆人又引人來打灑家。』長老道：『你看我面，快去睡了，明日却說。』魯智深道：『俺不看長老面，灑家直打死你那幾個禿驢。』長老叫侍者扶智深到禪床上，撲地便倒了，齁齁地睡了。衆多職事僧人圍定長老，告訴道：『向日徒弟們曾諫長老來，今日如何？本寺那裏容得這等野猫，亂了清規。』長老道：『雖是如今眼下有些囉唣，後來却成得正果。無奈何，且看趙員外檀越之面，容恕他這一番。我自明日叫去埋怨他便了。』衆僧冷笑道：『好個没分曉的長老！』各自散去歇息。

次日早齋罷，長老使侍者到僧堂裏坐禪處喚智深時，尚兀自未起。待他起來，穿了直裰，赤着脚，一道烟走出僧堂來。侍者吃了一驚，趕出外來尋時，却走在佛殿後撒屎。侍者忍笑不住，等他净了手，說道：『長老請你說話。』智深跟着侍者到方丈，長老道：『智深雖是個武夫出身，今來趙員外檀越剃度了你，我與你摩頂受記，教你一不可殺生，二不可偷盜，三不可邪淫，四不可貪酒，五不可妄語。此五戒，乃僧家常理。出家人第一不可貪酒。你如何夜來吃得大醉，打了門子，傷壞了藏殿上朱紅槅子，又把火工道人都打走了，口出喊聲。如何這般所爲？』智深跪下道：『今番不敢了。』長老道：『既然出家，如何先破了酒戒，又亂了清規？我不看你施主趙員外面，定趕你出寺。再後休犯。』智深起來合掌道：『不敢，不敢。』長老留在方丈裏，安排早飯與他吃，又用好言語勸他。取一領細布直裰，一雙僧鞋，與了智深，教回僧堂去了。昔大唐一個名賢，姓張名旭，作一篇《醉歌行》，單說那酒。端的做得好，道是：

金甌瀲灩傾歡伯，雙手擎來兩眸白。延頸長舒似玉虹，咽吞猶恨江湖窄。
昔年侍宴玉皇前，敵飲都無兩三客。蟠桃爛熟堆珊瑚，瓊液濃斟浮琥珀。
流霞暢飲數百杯，肌膚潤澤腮微赤。天地聞知酒量洪，敕令受賜三千石。
飛仙勸我不記數，酩酊神清爽筋骨。東君命我賦新詩，笑指三山咏標格。
信筆揮成五百言，不覺尊前墮巾幘。宴罷昏迷不記歸，乘鸞誤入雲光宅。
仙童扶下紫雲來，不辨東西與南北。一飲千鍾百首詩，草書亂散縱横劃。

但凡飲酒，不可盡歡。常言酒能成事，酒能敗事，便是小膽的吃了，也胡亂做了大膽，何况性高的人。

再說這魯智深自從吃酒醉鬧了這一場，一連三四個月不敢出寺門去。忽一日，天色暴熱，是二月間天氣。離了僧房，信步踱出山門外立地，看着五臺山，喝采一回。猛聽得山下叮叮當當的響聲，順風吹上山來。智深再回僧堂裏，取了些銀兩，揣在懷裏，一步步走下山來。出得那『五臺福地』的牌樓來看時，原來却是一個市井，約有五七百人家。智深看那市鎮上時，也有賣肉的，也有賣菜的，也有酒店、麵店。智深尋思道：『幹呆麽！俺早知有這個去處，不奪他那桶酒吃，也自下來買些吃。這幾日熬得清水流，且過去看有甚東西買些吃。』聽得那響處，却是打鐵的在那裏打鐵。間壁一家門上，寫着『父子客店』。智深走到鐵匠鋪門前看時，見三個人打鐵。智深便道：『兀那待詔，有好鋼鐵麽？』那打鐵的看見魯智深腮邊新剃暴長短鬚，戧戧地好滲瀨人，先有五分怕他。那待詔住了手道：『師父請坐，要打什麽生活？』智深道：『灑家要打條禪杖，一口戒刀，不知有上等好鐵麽？』待詔道：『小人這裏正有些好鐵，不知師父要打多少重的禪杖、戒刀，但憑分付。』智深道：『灑家衹要打一條一百斤重的。』待詔笑道：『重了，師父。小人打怕不打了，衹恐師父如何使得動。便是關王刀，也則衹有八十一斤重。』智深焦躁道：『俺便不及關王？他也衹是個人。』待詔道：『小人好心，衹可打條四五十斤的，也十分重了。』智深道：『便依你說，比關王刀，也打八十一斤的。』待詔道：『師父，肥了不好看，又不中使。依着小人，好生打一條六十二斤的水磨禪杖與師父，使不動時，休怪小人。戒刀已說了，不用分付，小人自用十分好鐵打造在此。』智深道：『兩件家生要幾兩銀子？』待詔道：『不討價，實要五兩銀子。』智深道：『俺便依你五兩銀子，你若打得好時，再有賞你。」那待詔接了銀兩道：「小人便打在此。」智深道：「俺有些碎銀子在這裏，和你買碗酒吃。」待詔道：「師父穩便。小人趕趁些生活，不及相陪。」

智深離了鐵匠人家，行不到三二十步，見一個酒望子挑出在房檐上。智深掀起簾子，入到裏面坐下，敲那桌子叫道：「將酒來！」賣酒的主人家說道：「師父少罪，小人住的房屋也是寺裏的，本錢也是寺裏的，長老已有法旨，但是小人們賣酒與寺裏僧人吃了，便要追了小人們本錢，又趕出屋。因此衹得休怪。」智深道：「胡亂賣些與灑家吃，俺須不說是你家便了。」店主人道：「胡亂不得，師父別處去吃，休怪休怪。」智深衹得起身便道：「灑家別處吃得，却來和你說話。」出得店門，行了幾步，又望見一家酒旗兒直挑出在門前。智深一直走進去，坐下叫道：「主人家，快把酒來賣與俺吃。」店主人道：「師父，你好不曉事。長老已有法旨，你須也知，却來壞我們衣飯。」智深不肯動身，三回五次，那裏肯賣。智深情知不肯，起身又走，連走了三五家，都不肯賣。智深尋思一計：「若不生個道理，如何能夠酒吃。」遠遠地杏花深處，市梢盡頭，一家挑出個草帚兒來。智深走到那裏看時，却是個傍村小酒店。但見：

傍村酒肆已多年，斜插桑麻古道邊。白板凳鋪賓客坐，矮籬笆用棘荆編。
破瓮榨成黄米酒，柴門挑出布青簾。更有一般堪笑處，牛屎泥墻畫酒仙。

智深走入村店裏來，倚着小窗坐下，便叫道：「主人家，過往僧人買碗酒吃！」莊家看了一看道：「和尚，你那裏來？」智深道：「俺是行脚僧人，游方到此經過，要買碗酒吃。」莊家道：「和尚若是五臺山寺裏的師父，我却不敢賣與你吃。」智深道：「灑家不是。你快將酒賣來。」莊家看見魯智深這般模樣，聲音各別，便道：「你要打多少酒？」智深道：「休問多少，大碗衹顧篩來。」約莫也吃了十來碗酒，智深問道：「有甚肉，把一盤來吃。」莊家道：「早來有些牛肉，都賣没了，衹有些菜蔬在此。」智深猛聞得一陣肉香，走出空地上看時，衹見墻邊沙鍋裏煮着一隻狗在那裏。智深便道：「你家現有狗肉，如何不賣與俺吃？」莊家道：「我怕你是出家人不吃狗肉，因此不來問你。」智深道：「灑家的銀子有在這裏。」就將銀子遞與莊家道：「你且賣半隻與俺吃。」那莊家連忙取半隻熟狗肉，搗些蒜泥，將來放在智深面前。智深大喜，用手扯那狗肉，蘸着蒜泥吃，一連又吃了十來碗酒。吃得口滑，衹顧要吃，那裏肯住。莊家倒都呆了，叫道：「和尚衹恁地罷！」智深睜起眼道：「灑家又不白吃你的，管俺怎地！」莊家道：「再要多少？」智深道：「再打一桶來。」莊家衹得又舀一桶來。智深無移時又吃了這桶酒，剩下一脚狗腿，把來揣在懷裏。臨出門又道：「多的銀子，明日又來吃。」嚇得莊家目睜口呆，罔知所措，看見他早望五臺山上去了。

智深走到半山亭子上，坐了一回，酒却涌上來。跳起身，口裏道：「俺好些時不曾拽拳使脚，覺道身體都困倦了，灑家且使幾路看。」下得亭子，把兩隻袖子搭在手裏，上下左右使了一回。使得力發，衹一膀子搧在亭子柱上，衹聽得刮剌剌一聲響亮，把亭子柱打折了，坍了亭子半邊。門子聽得半山裏響，高處看時，衹見魯智深一步一攧，搶上山來。兩個門子叫道：「苦也！前日這畜生醉了，今番又醉得不小可！」便把山門關上，把拴拴了，衹在門縫裏張時，見智深搶到山門下，見關了門，把拳頭擂鼓也似敲門。兩個門子那裏敢開。智深敲了一回，扭過身來，看了左邊的金剛，喝一聲道：「你這個鳥大漢，不替俺敲門，却拿着拳頭嚇灑家，俺須不怕你。」跳上臺基，把柵剌子衹一拔，却似撅葱般拔開了。拿起一根折木頭，去那金剛腿上便打，簌簌地泥和顔色都脱下來。門子張見道：「苦也！」衹得報知長老。智深等了一會兒，調轉身來看着右邊金剛，喝一聲道：「你這廝張開大口，也來笑灑家。」便跳過右邊臺基上，把那金剛脚上打了兩下，衹聽得一聲震天價響，那尊金剛從臺基上倒撞下來。智深提着折木頭大笑。

兩個門子去報長老，長老道：「休要惹他，你們自去。」衹見這首座、監寺、都寺，并一應職事僧人，都到方丈稟說：「這野猫今日醉得不好，把半山亭子、山門下金剛都打壞了，如何是好？」長老道：「自古天子尚且避醉漢，何況老僧乎？若是打壞了金剛，請他的施主趙員外自來塑新的；倒了亭子，也要他修蓋。這個且由他。」衆僧道：「金剛乃是山門之主，如何把來換過？」長老道：「休説壞了金剛，便是打壞了殿上三世佛，也没奈何，衹可迴避他。你們見前日的行凶麽？」衆僧出得方丈，都道：「好個囫圇粥的長老！門子，你且休開門，衹在裏面聽。」智深在外面大叫道：「直娘的禿驢們！不放灑家入寺時，山門外討把火來，燒了這個鳥寺。」衆僧聽得叫，衹得叫門子拽了大拴，由那畜生入來。若不開時，真個做出來！門子衹得捻脚捻手，把拴拽了，飛也似閃入房裏躲了。衆僧也各自迴避。

衹説那魯智深雙手把山門盡力一推，撲地攧將入來，吃了一跤。爬將起來，把頭摸一摸，直奔僧堂來。到得選佛場中，禪和子正打坐間，看見智深揭起簾子，鑽將入來，都吃一驚，盡低了頭。智深到得禪床邊，喉嚨裏咯咯地響，看着地下便吐。衆僧都聞不得那臭，個個道：「善哉！」齊掩了口鼻。智深吐了一回，爬上禪床，解下絛，把直裰帶子都咇咇剥剥扯斷了，脱下那脚狗腿來。智深道：「好，好！正肚飢哩。」扯來便吃。衆僧看見，便把袖子遮了臉，上下肩兩個禪和子遠遠地躲開。智深見他躲開，便扯一塊狗肉，看着上首的道：「你也到口。」上首的那和尚把兩隻袖子死掩了臉，智深道：「你不吃？」把肉望下首的禪和子嘴邊塞將去。那和尚躲不迭，却待下禪床，智深把他劈耳朵揪住，將肉便塞。對床四五個禪和子跳過來勸時，智深撇了狗肉，提起拳頭，去那光腦袋上咇咇剥剥衹顧鑿。滿堂僧衆大喊起來，都去櫃中取了衣鉢要走。此亂喚做卷堂大散，首座那裏禁約得住。

智深一味地打將出來，大半禪客都躲出廊下來。監寺、都寺不與長老説知，叫起一班職事僧人，點起老郎、火工道人、直廳轎夫，約有一二百人，都執杖叉棍棒，盡使手巾盤頭，一齊打入僧堂來。智深見了，大吼一聲，别無器械，搶入僧堂裏佛面前，推翻供桌，撧兩條桌脚，從堂裏打將出來。但見：

心頭火起，口角雷鳴。奮八九尺猛獸身軀，吐三千丈凌雲志氣。按不住殺人怪膽，圓睜起卷海雙睛。直截横衝，

似中箭投崖虎豹，前奔後涌，如着槍跳澗豺狼。直饒揭諦也難當，便是金剛須拱手。

當時魯智深輪兩條桌脚，打將出來。衆多僧行見他來得凶了，都拖了棒，退到廊下。智深兩條桌脚着地卷將來，衆僧早兩下合攏來。智深大怒，指東打西，指南打北，衹饒了兩頭的。當時智深直打到法堂下，衹見長老喝道：『智深不得無禮！衆僧也休動手。』兩邊衆人被打傷了十數個，見長老來，各自退去。智深見衆人退散，撇了桌脚，叫道：『長老與灑家做主。』此時酒已七八分醒了。長老道：『智深，你連累殺老僧。前番醉了一次，攪擾了一場，我教你兄趙員外得知，他寫書來與衆僧陪話。今番你又如此大醉無禮，亂了清規，打坍了亭子，又打壞了金剛，這個且由他。你攪得衆僧卷堂而走，這個罪業非小。我這裏五臺山文殊菩薩道場，千百年清凈香火去處，如何容得你這等穢污。你且隨我來方丈裏過幾日，我安排你一個去處。』智深隨長老到方丈去。長老一面叫職事僧人留住衆禪客，再回僧堂，自去坐禪；打傷了的和尚，自去將息。長老領智深到方丈歇了一夜。

次日，真長老與首座商議，收拾了些銀兩賫發他，教他别處去，可先説與趙員外知道。長老隨即修書一封，使兩個直廳道人徑到趙員外莊上説知就裏，立等回報。趙員外看了來書，好生不然。回書來拜復長老，説道：『壞了的金剛、亭子，趙某隨即備價來修。智深任從長老發遣。』長老得了回書，便叫侍者取領皂布直裰，一雙僧鞋，十兩白銀，房中喚過智深。長老道：『智深，你前番一次大醉，鬧了僧堂，便是誤犯。今次又大醉，打壞了金剛，坍了亭子，卷堂鬧了選佛場，你這罪業非輕。又把衆禪客打傷了。我這裏出家是個清凈去處，你這等做，甚是不好。看你趙檀越面皮，與你這封書，投一個去處安身，我這裏决然安你不得了。我夜來看了，贈汝四句偈言，終身受用。』智深道：『師父教弟子那裏去安身立命？願聽俺師四句偈言。』真長老指着魯智深，説出這幾句言語，去這個去處。有分教：這人笑揮禪杖，戰天下英雄好漢；怒掣戒刀，砍世上逆子讒臣。直教名馳塞北三千里，證果江南第一州。

畢竟真長老與智深説出甚言語來，且聽下回分解。

第五回　小霸王醉入銷金帳　花和尚大鬧桃花村

智深取却真長老書，若云『于路不則一日，早來到東京大相國寺』，則是二回書接連都在和尚寺裏，何處見其龍跳虎卧之才乎？此偏于路投宿，忽投到新婦房裏。夫特特避却和尚寺，而不必到新婦房，則是作者龍跳虎卧之才，猶爲不快也。嗟乎！耐庵真正才子也。真正才子之胸中，夫豈可以尋常之情測之也哉！

此回遇李忠，後回遇史進，都用一樣句法，以作兩篇章法，而讀之却又全然是兩樣事情，兩樣局面，其筆力之大不可言。

爲一女子弄出來，直弄到五臺山去做了和尚。及做了和尚弄下五臺山來，又爲一女子又幾乎弄出來。夫女子不女子魯達不知也，弄出不弄出魯達不知也，和尚不和尚魯達不知也，上山與下山魯達悉不知也。亦曰遇酒便吃，遇事便做，遇弱便扶，遇硬便打，如是而已矣，又烏知我是和尚，他是女兒，昔日弄出故上山，今日下山又弄出哉。

魯達、武松兩傳，作者意中却欲遥遥相對，故其叙事亦多仿佛相準。如魯達救許多婦女，武松殺許多婦女；魯達酒醉打金剛，武松酒醉打大蟲；魯達打死鎮關西，武松殺死西門慶；魯達瓦官寺前試禪杖，武松蜈蚣嶺上試戒刀；魯達打周通，越醉越有本事，武松打蔣門神，亦越醉越有本事；魯達桃花山上，踏匾酒器，揣了滚下山去，武松鴛鴦樓上，踏匾酒器，揣了跳下城去。皆是相準而立，讀者不可不知。

要盤纏便偷酒器，要私走便滚下山去。人曰：堂堂丈夫，奈何偷了酒器滚下山去？公曰：堂堂丈夫，做什麽便偷不得酒器，滚不得下山耶？益見魯達浩浩落落。

看此回書，須要處處記得魯達是個和尚。如銷金帳中坐，亂草坡上滚，都是光着頭一個人，故奇妙不可言。

寫魯達踏匾酒器偷了去後，接連便寫李、周二人分贜數語，其大其小，雖婦人小兒，皆洞然見之。作者真鼓之舞之以盡神矣哉。

大人之爲大人也，自聽天下萬世之人諒之；小人之爲小人也，必要自己口中嘎嘎言之，或與其標榜之同輩一遞一唱，以張揚之。如魯達之偷酒器，李、周之分車仗，可不爲之痛悼乎耶？

話說當日智真長老道：『智深，你此間決不可住了。我有一個師弟，現在東京大相國寺住持，喚做智清禪師。我與你這封書去投他那裏，討個職事僧做。我夜來看了，贈汝四句偈言，你可終身受用，記取今日之言。』智深跪下道：『灑家願聽偈言。』長老道：

『遇林而起，遇山而富，遇水而興，遇江而止。』

魯智深聽了四句偈言，拜了長老九拜，背了包裹、腰包、肚包，藏了書信，辭了長老并衆僧人，離了五臺山，徑到鐵匠間壁客店裏歇了，等候打了禪杖、戒刀，完備就行。寺内衆僧得魯智深去了，無一個不歡喜。長老教火工道人自來收拾打壞了的金剛、亭子。過不得數日，趙員外自將若干錢物來五臺山，再塑起金剛，重修起半山亭子，不在話下。

有詩爲證：

禪林辭去入禪林，知己相逢義斷金。且把威風驚賊膽，謾將妙理悦禪心。
綽名久唤花和尚，道號親名魯智深。俗願了時終證果，眼前爭奈没知音。

再說這魯智深就客店裏住了幾日，等得兩件家生都已完備，做了刀鞘，把戒刀插放鞘内，禪杖却把漆來裹了。將些碎銀子賞了鐵匠，背了包裹，跨了戒刀，提了禪杖，作別了客店主人并鐵匠，行程上路。過往人看了，果然是個莽和尚。但見：

皂直裰背穿雙袖，青圓縧斜綰雙頭。戒刀燦三尺春冰，深藏鞘内；禪杖揮一條玉蟒，横在肩頭。鷺鷥腿緊系脚絣，蜘蛛肚牢拴衣鉢。嘴縫邊攢千條斷頭鐵綫，胸脯上露一帶蓋膽寒毛。生成食肉餐魚臉，不是看經念佛人。

且說魯智深自離了五臺山文殊院，取路投東京來，行了半月之上。于路不投寺院去歇，衹是客店内打火安身，白日間酒肆裏買吃。一日正行之間，貪看山明水秀，不覺天色已晚。但見：

山影深沉，槐陰漸没。緑楊影裏，時聞鳥雀歸林；紅杏村中，每見牛羊入圈。落日帶烟生碧霧，斷霞映水散紅光。溪邊釣叟移舟去，野外村童跨犢歸。

魯智深因見山水秀麗，貪行了半日，趕不上宿頭，路中又没人作伴，那裏投宿是好。又趕了三二十里田地，過了一條板橋，遠遠地望見一簇紅霞，樹木叢中閃着一所莊院，莊後重重迭迭都是亂山。魯智深道：『衹得投莊上去借宿。』徑奔到莊前看時，見數十個莊家忙忙急急搬東搬西。魯智深到莊前，倚了禪杖，與莊客打個問訊。莊客道：『和尚，日晚來我莊上做甚的？』智深道：『小僧趕不上宿頭，欲借貴莊投宿一宵，明早便行。』莊客道：『我莊上今夜有事，歇不得。』智深道：『胡亂借灑家歇一夜，明日便行。』莊客道：『和尚快走，休在這裏討死。』智深道：『也是怪哉！歇一夜打什麽不緊，怎地便是討死？』莊家道：『去便去，不去時便捉來縛在這裏。』魯智深大怒道：『你這厮村人，好没道理。俺又不曾説甚的，便要綁縛灑家。』莊家們也有駡的，也有勸的。魯智深提起禪杖，却待要發作。衹見莊裏走出一個老人來。那老人年近六旬之上，拄一條過頭拄杖，走將出來，喝問莊客：『你們鬧什麽？』莊客道：『可奈這個和尚要打我們。』智深便道：『小僧是五臺山來的和尚，要上東京去幹事，今晚趕不上宿頭，借貴莊投宿一宵。莊家那厮無禮，要綁縛灑家。』那老人道：『既是五臺山來的僧人，隨我進來。』智深跟那老人直到正堂上，分賓主坐下。那老人道：『師父休要怪，莊家們不省得師父是活佛去處來的，他作尋常一例相看。老漢從來敬重佛天三寶，雖是我莊上今夜有事，權且留師父歇一宵了去。』智深將禪杖倚了，起身打個問訊，謝道：『感承施主。小僧不敢動問貴莊高姓？』老人道：『老漢姓劉，此間唤做桃花村，鄉人都叫老漢做桃花莊劉太公。敢問師父俗姓，唤做什麽諱字？』智深道：『俺的師父是智真長老，與俺取了個諱字，因灑家也不虧負了你。你的女兒匹配我，也好。我的哥哥大頭領不下山來，教傳示你。』劉太公把了下馬杯。來到打麥場上，見了香花燈燭，便道：『泰山何須如此迎接？』那裏又飲了三杯，來到廳上，喚小嘍囉教把馬去系在緑楊樹上。小嘍囉把鼓樂就廳前擂將起來，大王上廳坐下，叫道：『丈人，我的夫人在那裏？』太公道：『便是怕羞，不敢出來。』大王笑道：『且將酒來，我與丈人回敬。』那大王把了一杯，便道：『我且和夫人廝見了，却來吃酒未遲。』那劉太公一心祇要那和尚勸他，便道：『老漢自引大王去。』拿了燭臺，引着大王，轉入屏風背後，直到新人房前。太公指與道：『此間便是，請大王自入去。』太公拿了燭臺，一直去了。未知凶吉如何，先辦一條走路。

那大王推開房門，見裏面黑洞洞地，大王道：『你看我那丈人是個做家的人，房裏也不點碗燈，由我那夫人黑地裏坐地。明日叫小嘍囉山寨裏扛一桶好油來與他點。』魯智深坐在帳子裏都聽得，忍住笑不做一聲。那大王摸進房中，叫道：『娘子，你如何不出來接我？你休要怕羞，我明日要你做壓寨夫人。』一頭叫娘子，一面摸來摸去；一摸摸着銷金帳子，便揭起來，探一隻手入去摸時，摸着魯智深的肚皮。被魯智深就勢劈頭巾帶角兒揪住，一按按將下床來。那大王却待掙扎，魯智深把右手捏起拳頭，罵一聲：『直娘賊！』連耳根帶脖子祇一拳。那大王叫一聲：『做什麼便打老公？』魯智深喝道：『教你認的老婆！』拖倒在床邊，拳頭脚尖一齊上，打得大王叫『救人』。劉太公驚得呆了：祇道這早晚正説因緣勸那大王，却聽的裏面叫救人。太公慌忙把着燈燭，引了小嘍囉，一齊搶將入來。衆人燈下打一看時，祇見一個胖大和尚，赤條條不着一絲，騎翻大王在床面前打。爲頭的小嘍囉叫道：『我衆人都來救大王。』衆小嘍囉一齊拖槍拽棒，打將入來救時，魯智深見了，撇下大王，床邊綽了禪杖，着地打將出來。小嘍囉見來得凶猛，發聲喊，都走了。劉太公祇管叫苦。打鬧裏，那大王爬出房門，奔到門前，摸着空馬，樹上折枝柳條，托地跳在馬背上，把柳條便打那馬，却跑不去。大王道：『苦也！畜生也來欺負我。』再看時，原來心慌不曾解得繮繩，連忙扯斷了，騎着摌馬飛走。出得莊門，大罵劉太公：『老驢休慌！不怕你飛了。』把馬打上兩柳條，撥喇喇地馱了大王上山去。

劉太公扯住魯智深道：『和尚，你苦了老漢一家兒了。』魯智深説道：『休怪無禮。且取衣服和直裰來，灑家穿了説話。』莊家去房裏取來，智深穿了。太公道：『我當初祇指望你説因緣，勸他回心轉意，誰想你便下拳打他這一頓。定是去報山寨裏大隊强人來殺我家。』智深道：『太公休慌。俺説與你，灑家不是别人，俺是延安府老种經略相公帳前提轄官，爲因打死了人，出家做和尚。休道這兩個鳥人，便是一二千軍馬來，灑家也不怕他。你們衆人不信時，提俺禪杖看。』莊客們那裏提得動。智深接過來手裏，一似拈燈草一般使起來。太公道：『師父休要走了去，却要救護我們一家兒使得。』智深道：『什麼閑話！俺死也不走。』太公道：『且將些酒來師父吃，休得要抵死醉了。』魯智深道：『灑家一分酒祇有一分本事，十分酒便有十分的氣力。』太公道：『恁地時最好。我這裏有的是酒肉，祇顧教師父吃。』

且説這桃花山大頭領坐在寨裏，正欲差人下山來探聽做女婿的二頭領如何，祇見數個小嘍囉，氣急敗壞，走到山寨裏叫道：『苦也，苦也！』大頭領連忙問道：『有什麼事，慌做一團？』小嘍囉道：『二哥哥吃打壞了。』大頭領大驚，正問備細，祇見報道：『二哥哥來了。』大頭領看時，祇見二頭領紅巾也没了，身上緑袍扯得粉碎，下得馬，倒在廳前，口裏説道：『哥哥救我一救。』大頭領問道：『怎麼來？』二頭領道：『兄弟下得山，到他莊上，入進房裏去。叵耐那老驢把女兒藏過了，却教一個胖和尚躲在他女兒床上。我却不提防，揭起帳子摸一摸，吃那廝揪住，一頓拳頭脚尖，打得一身傷損。那廝見衆人入來救應，放了手，提起禪杖打將出來。因此我得脱了身，拾得性命。哥哥與我做主報仇。』大頭領道：『原來恁地。你去房中將息，我與你去拿那賊禿來。』喝叫左右：『快備我的馬來。』衆小嘍囉都去。大頭領上了馬，綽槍在手，盡數引了小嘍囉，一齊吶喊下山去了。

再説魯智深正吃酒哩，莊客報道：『山上大頭領盡數都來了。』智深道：『你等休慌，灑家但打翻的，你們祇顧縛了，解去官司請賞。取俺的戒刀來。」魯智深把直裰脱了，拽扎起下面衣服，跨了戒刀，大踏步提了禪杖，出到打麥場上。衹見大頭領在火把叢中，一騎馬搶到莊前，馬上挺着長槍，高聲喝道：「那禿驢在那裏，早早出來決個勝負。」魯智深大怒，罵道：「腌臢打脊潑才，叫你認得灑家。」掄起禪杖，着地卷將來。那大頭領逼住槍，大叫道：「和尚且休要動手，你的聲音好厮熟。你且通個姓名。」魯智深道：「灑家不是别人，老种經略相公帳前提轄魯達的便是。如今出了家做和尚，唤做魯智深。」那大頭領呵呵大笑，滚鞍下馬，撇了槍，撲翻身便拜道：「哥哥别來無恙，可知二哥着了你手。」魯智深衹道賺他，托地跳退數步，把禪杖收住，定睛看時，火把下認得不是别人，却是江湖上使槍棒賣藥的教頭打虎將李忠。原來强人下拜，不説此二字，爲軍中不利，衹唤做『剪拂』，此乃吉利的字樣。李忠當下剪拂了起來，扶住魯智深道：「哥哥緣何做了和尚？」智深道：「且和你到裏面説話。」劉太公見了，又衹叫苦：「這和尚原來也是一路。」

魯智深到裏面，再把直裰穿了，和李忠都到廳上叙舊。魯智深坐到正面，唤劉太公出來。那老兒不敢向前，智深道：「太公休怕他，他是俺的兄弟。」李忠坐了第二位，太公坐了第三位。魯智深道：「你二位在此。俺自從渭州三拳打死了鎮關西，逃走到代州雁門縣，因見了灑家賫發他的金老。那老兒不曾回東京去，却隨個相識也在雁門縣住。他那個女兒就與了本處一個財主趙員外，和俺厮見了，好生相敬。不想官司追捉的灑家要緊，那員外賠錢去送俺五臺山智真長老處落髮爲僧。灑家因兩番酒後鬧了僧堂，本師長老與俺一封書，教灑家去東京大相國寺投托智清禪師，討個職事僧做。因爲天晚，到這莊上投宿，不想與兄弟相見。却才俺打的那漢是誰？你如何又在這裏？」李忠道：「小弟自從那日與哥哥在渭州酒樓前同史進三人分散，次日聽得説哥哥打死了鄭屠，我去尋史進商議，他又不知投那裏去了。小弟聽得差人緝捕，慌忙也走了。却從這山下經過。却才被哥哥打的那漢，先在這裏桃花山扎寨，唤做小霸王周通。那時引人下山來，和小弟厮殺，被我赢了他，留小弟在山上爲寨主，讓第一把交椅教小弟坐了，以此在這裏落草。」

智深道：「既然兄弟在此，劉太公這頭親事再也休題。他止有這個女兒，要養終身。不争被你把了去，教他老人家失所。」太公見説了，大喜，安排酒食出來，管待二位。小嘍囉們每人兩個饅頭，兩塊肉，一大碗酒，都教吃飽了。太公將出原定的金子緞匹，魯智深道：「李忠兄弟，你與他收了去，這件事都在你身上。」李忠道：「這個不妨事。且請哥哥去小寨住幾時，劉太公也走一遭。」太公叫莊客安排轎子，抬了魯智深，帶了禪杖、戒刀、行李。李忠也上了馬。太公也坐了一乘小轎，却早天色大明。衆人上山來，智深、太公到得寨前，下了轎子，李忠也下了馬，邀請智深入到寨中，向這聚義廳上三人坐定。李忠叫請周通出來。周通見了和尚，心中怒道：「哥哥却不與我報仇，倒請他來寨裏，讓他上面坐。」李忠道：「兄弟，你認得這和尚麽？」周通道：「我若認得他時，須不吃他打了。」李忠笑道：「這和尚便是我日常和你説的，三拳打死鎮關西的便是他。」周通把頭摸一摸，叫聲：「呵呀！」撲翻身便剪拂。魯智深答禮道：「休怪衝撞。」

三人坐定，劉太公立在面前。魯智深便道：「周家兄弟，你來聽俺説。劉太公這頭親事，你却不知，他衹有這個女兒養老送終，承祀香火，都在他身上。你若娶了，教他老人家失所，他心裏怕不情願。你依着灑家，把來弃了，别選一個好的。原定的金子緞匹，將在這裏。你心下如何？」周通道：「并聽大哥言語，兄弟再不敢登門。」智深道：「大丈夫作事，却休要翻悔。」周通折箭爲誓。劉太公拜謝了，納還金子緞匹，自下山回莊去了。

李忠、周通椎牛宰馬，安排筵席，管待了數日。引魯智深山前山後，觀看景致。果是好座桃花山，生得凶怪，四圍險峻，單單衹一條路上去，四下裏漫漫都是亂草。智深看了道：「果然好險隘去處。」住了幾日，魯智深見李忠、周通不是個慷慨之人，作事慳吝，衹要下山。兩個苦留，那裏肯住，衹推道：「俺如今既出了家，如何肯落草。」李忠、周通道：「哥哥既然不肯落草，要去時，我等明日下山，但得多少，盡送與哥哥作路費。」次日，山寨裏一面殺羊宰猪，且做送路筵席，安排整頓，却將金銀酒器設放在桌上。正待入席飲酒，衹見小嘍囉報來：『見山下有兩輛車，十數個人來也。』李忠、周通見報了，點起衆多小嘍囉，衹留一兩個伏侍魯智深飲酒。兩個好漢道：『哥哥衹顧請自在吃兩杯。我兩個下山去取得財來，就與哥哥送行。』分付已罷，引領衆人下山去了。

且說這魯智深尋思道：『這兩個人好生慳吝，現放着有許多金銀，却不送與俺，直等他去打劫得別人的送與灑家。這個不是把官路當人情，衹苦別人。灑家且教這厮吃俺一驚。』便喚這幾個小嘍囉近前來篩酒吃，方才吃得兩盞，跳起身來，兩拳打翻兩個小嘍囉，便解搭膊，做一塊兒捆了，口裏都塞了些麻核桃。便取出包裹打開，没要緊的都撇了，衹拿了桌上金銀酒器，都踏匾了，拴在包裹。胸前度牒袋內，藏了真長老的書信，跨了戒刀，提了禪杖，頂了衣包，便出寨來。到後山打一望時，都是險峻之處，又没深草存躲。『灑家從前山去時，一定吃那厮們撞見，不如就此間滚將下去。』先把戒刀和包裹拴好了，望下丢落去，又把禪杖也攛落去，却把身望下衹一滚，骨碌碌直滚到山脚邊，并無傷損。魯智深跳將起來，尋了包裹，跨了戒刀，拿了禪杖，拽開脚手，投東京便走。

再說李忠、周通下到山邊，正迎着那數十個人，各有器械。李忠、周通挺着槍，小嘍囉吶着喊，搶向前來，喝道：『兀那客人，會事的留下買路錢！』那客人内有一個便拈着樸刀來鬥李忠，一來一往，一去一回，鬥了十餘合，不分勝負。周通大怒，趕向前來，喝一聲，衆小嘍囉一齊都上。那伙客人抵當不住，轉身便走，有那走得遲的，盡被搠死七八個。劫了車子財物，和着凱歌，慢慢地上山來。到得寨裏，打一看時，衹見兩個小嘍囉捆做一起在亭柱邊；桌子上金銀酒器都不見了。周通解了小嘍囉，問其備細：『魯智深那裏去了？』小嘍囉說道：『把我兩個打翻捆縛了，卷了若干器皿，都拿了去。』周通道：『這賊禿不是好人，倒着了那厮手脚。却從那裏去了？』團團尋踪迹到後山，見一帶草木平平地都滚倒了。周通看了道：『這禿驢倒是個老賊，這般險峻山岡，從這裏滚了下去。』李忠道：『我們趕上去問他討，也羞那厮一場。』周通道：『罷，罷！賊去了關門，那裏去趕！便趕得着時，也問

他取不成。倘有些不然起來，我和你又敵他不過，後來倒難斷見了。不如罷手，後來倒好相見。我們且自把車子上包裹打開，將金銀緞匹分作三分，我和你各提一分，一分賞了衆小嘍囉。』李忠道：『是我不合引他上山，折了你許多東西，我的這一分都與了你。』周通道：『哥哥，我和你同死同生，休恁地計較。』看官牢記話頭，這李忠、周通自在桃花山打劫。

再說魯智深離了桃花山，放開脚步，從早晨直走到午後，約莫走了五六十里多路，肚裏又飢，路上又没個打火處，尋思：『早起衹顧貪走，不曾吃得些東西，却投那裏去好？』東觀西望，猛然聽得遠遠地鈴鐸之聲。魯智深聽得道：『好了！不是寺院，便是宫觀，風吹得檐前鈴鐸之聲。灑家且尋去那裏投齋。』不是魯智深投那個去處，有分教：到那裏斷送了十餘條性命生靈，一把火燒了有名的靈山古迹。直教黄金殿上生紅焰，碧玉堂前起黑烟。

畢竟魯智深投什麼寺觀來，且聽下回分解。

第六回　九紋龍剪徑赤松林　魯智深火燒瓦罐寺

吾前言兩回書不欲接連都在叢林，因特幻出新婦房中銷金帳裏以間隔之，固也。然惟恐兩回書接連都在叢林，而必別生一回不在叢林之事以間隔之，此雖才子之才，而非才子之大才也。夫才子之大才，則何所不可之有。前一回在叢林，後一回何妨又在叢林？不寧惟是而已，前後二回都在叢林，何妨中間再生一回復在叢林？夫兩回書不欲接連都在叢林者，才子教天下後世以避之之法也。若兩回書接連都在叢林，而中間反又加倍寫一叢林者，才子教天下後世以犯之之法也。雖然，避可能也，犯不可能也，夫是以才子之名畢竟獨歸耐庵也。

吾讀瓦官一篇，不勝浩然而嘆。嗚呼！世界之事亦猶是矣。耐庵忽然而寫瓦官，千載之人讀之，莫不盡見有瓦官也。耐庵忽然而寫瓦官被燒，千載之人讀之，又莫不盡見瓦官被燒也。然而一卷之書，不盈十紙，瓦官何因而起，瓦官何因而倒，起倒祇在須臾，三世不成戲事耶？又攤書于几上，人憑几而讀，其間面與書之相去，蓋未能以一尺也。此未能一尺之間，又蕩然其虛空，何據而忽然謂有瓦官，何據而忽然又謂燒盡，顛倒畢竟虛空，山河不又如夢耶？嗚呼！以大雄氏之書，而與凡夫讀之，則謂香風萎花之句，可入詩料。以北《西廂》之語而與聖人讀之，則謂『臨去秋波』之曲可悟重玄。夫人之賢與不肖，其用意之相去既有如此之別，然則如耐庵之書，亦顧其讀之之人何如矣。夫耐庵則又安辯其是稗官，安辯其是菩薩現稗官耶！

一部《水滸傳》，悉依此批讀。

通篇祇是魯達紀程圖也，乃忽然飛來史進，忽然飛去史進者，非此魯達于瓦官寺中真了不得，而必借助于大郎也。亦爲前者渭州酒樓三人分手，直至于今，都無下落，昨在桃花山上雖曾收到李忠，然而李忠之與大郎，其重其輕相去則不但丈尺而已也。乃今李忠反已討得着實，而大郎猶自落在天涯，然則茫茫大宋，斯人安在者乎？况于過此以往，一到東京便有豹子頭林冲之一事，作者此時即通身筆舌猶恨未及，其何暇更以閑心閑筆來照到大郎也？不得已，因向瓦官寺前穿插過去。嗚呼！誰謂作史爲易事耶！

真長老云：便打壞三世佛，老僧亦祇得罷休。善哉大德！真可謂通達罪福相，遍照于十方也。若清長老則云：侵損菜園，得他壓伏。嗟乎！以菜園爲莊產，以衆生爲怨家，如此人亦復匡徒領衆，儼然稱師，殊可怪也。夫三世佛之與菜園，則有間矣。三世佛猶罷休，則無所不罷休可知也；菜園猶不罷休，然則如清長老者，又可損其毫毛乎哉！作者于此三致意焉。以真入五臺，以清占東京，意蓋謂一是清涼法師，一是鬧熱光棍也。

此篇處處定要寫到急殺處，然後生出路來，又一奇觀。

此回突然撰出不完句法，乃從古未有之奇事。如智深跟丘小乙進去，和尚吃了一驚，急道：『師兄請坐，聽小僧說。』此是一句也。却因智深睁着眼，在一邊夾道：『你說！你說！』于是遂將『聽小僧』三字隔在上文，『說』字隔在下文，一也。智深再回香積厨來，見幾個老和尚，『正在那裏』怎麽，此是一句也，却因智深來得聲勢，于是遂于『正在那裏』四字下，忽然收住，二也。林子中史進聽得聲音，要問姓甚名誰，此是一句也，却因智深鬥到性發，不睬其問，于是『姓甚』已問，『名誰』未說，三也。凡三句不完，却又是三樣文情，而總之祇爲描寫智深性急。此雖史遷，未有此妙矣。

話說魯智深走過數個山坡，見一座大松林，一條山路。隨着那山路行去，走不得半里，抬頭看時，却見一所敗落寺院，被風吹得鈴鐸響。看那山門時，上有一面舊朱紅牌額，內有四個金字，都昏了，寫着『瓦罐之寺』。又行不得四五十步，過座石橋，再看時，一座古寺，已有年代。入得山門裏，仔細看來，雖是大刹，好生崩損。但見：

鐘樓倒塌，殿宇崩摧。山門盡長蒼苔，經閣都生碧蘚。釋迦佛蘆芽穿膝，渾如在雪嶺之時；觀世音荆棘纏身，却似守香山之日。諸天壞損，懷中鳥雀營巢；帝釋欹斜，口內蜘蛛結網。方丈凄涼，廊房寂寞。没頭羅漢，這法身也受灾殃；折臂金剛，有神通如何施展。香積厨中藏兔穴，龍華臺上印狐踪。

魯智深入得寺來，便投知客寮去。祇見知客寮門前大門也没了，四圍壁落全無。智深尋思道：『這個大寺，如何敗落的恁地？』直入方丈前看時，祇見滿地都是燕子糞，門上一把鎖鎖着，鎖上盡是蛛蜘網。智深把禪杖就地下搠着，叫道：『過往僧人來投齋。』叫了半日，没一個答應。回到香積厨下看時，鍋也没了，竈頭都塌損。智深把包裹解下，放在監齋使者面前，提了禪杖，到處尋去。尋到厨房後面一間小屋，見幾個老和尚坐地，一個個面黄肌瘦。智深喝一聲道：『你們這和尚好没道理！由灑家叫喚，没一個應。』那和尚摇手道：『不要高聲。』智深道：『俺是過往僧人，討頓飯吃，有甚利害？』老和尚道：『我們三日不曾有飯落肚，那裏討飯與你吃。』智深道：『俺是五臺山來的僧人，粥也胡亂請灑家吃半碗。』老和尚道：『你是活佛去處來的僧，我們合當齋你。争奈我寺中僧衆走散，并無一粒齋糧。老僧等端的餓了三日。』

智深道：『胡說！這等一個大去處，不信没齋糧。』老和尚道：『我這裏是個非細去處。祇因是十方常住，被一個雲游和尚引着一個道人來此住持，把常住有的没的都毁壞了。他兩個無所不爲，把衆僧趕出去了。我幾個老的走不動，祇得在這裏過，因此没飯吃。』智深道：『胡說！量他一個和尚，一個道人，做得甚事，却不去官府告他？』老和尚道：『師父你不知，這裏衙門又遠，便是官軍也禁不的他。這和尚、道人好生了得，都是殺人放火的人。如今向方丈後面一個去處安身。』智深道：『這兩個唤做什麽？』老和尚道：『那和尚姓崔，法號道成，綽號生鐵佛。道人姓丘，排行小乙，綽號飛天夜叉。這兩個那裏似個出家人，祇是緑林中强賊一般，把這出家影占身體。』智深正問間，猛聞得一陣香來。智深提了禪杖，踅過後面，打一看時，見一個土竈，蓋着一個草蓋，氣騰騰撞將起來。智深揭起看時，煮着一鍋粟米粥。智深駡道：『你這幾個老和尚没道理！祇説三日没飯吃，如今見煮一鍋粥。出家人何故説謊？』那幾個老和尚被智深尋出粥來，祇叫得苦，把碗、碟、鈴頭、杓子、水桶，都搶過了。智深肚飢，没奈何，見了粥要吃，没做道理處。祇見竈邊破漆春臺，祇有些灰塵在面上。智深見了，人急智生，便把禪杖倚了，就竈邊拾把草，把春臺揩抹了灰塵，雙手把鍋掇起來，把粥望春臺只一傾。那幾個老和尚都來搶粥吃，才吃幾口，被智深一推一跤，倒的倒了，走的走了。智深却把手來捧那粥吃，才吃幾口，那老和尚道：『我等端的三日没飯吃。却才去村裏抄化得這些粟米，胡亂熬些粥吃，你又吃我們的。』智深吃五七口，聽得了這話，便撇了不吃。

祇聽得外面有人嘲歌，智深洗了手，提了禪杖，出來看時，破壁子裏望見一個道人，頭戴皂巾，身穿布衫，腰系雜色縧，脚穿麻鞋，挑着一擔兒：一頭是一個竹籃兒，裏面露些魚尾并荷葉托着些肉；一頭擔着一瓶酒，也是荷葉蓋着。口裏嘲歌着，唱道：

『你在東時我在西，你無男子我無妻。我無妻時猶閑可，你無夫時好孤凄。』

那幾個老和尚趕出來，指與智深道：『這個道人便是飛天夜叉丘小乙！』智深見指説了，便提着禪杖，隨後跟去。那道人不知智深在後面跟來，祇顧走入方丈後墻裏去。智深隨即跟到裏面看時，見緑槐樹下放着一條桌子，鋪着些盤饌，三個盞子，三雙箸子，當中坐着一個胖和尚，生的眉如漆刷，眼似墨裝，肐膌的一身横肉，胸脯下露出黑肚皮來。邊厢坐着一個年幼婦人。那道人把竹籃放下，也來坐地。智深走到面前，那和尚吃了一驚，跳起身來，便道：『請師兄坐，同吃一盞。』智深提着禪杖道：『你這兩個如何把寺來廢了？』那和尚便道：『師兄請坐，聽小僧説。』智深睁着眼道：『你説！你説！』那和尚道：『在先敝寺十分好個去處，田莊又廣，僧衆極多。祇被廊下那幾個老和尚吃酒撒潑，將錢養女，長老禁約他們不得，又把長老排告了出去。因此把寺來都廢了。僧衆盡皆走散，田土已都賣了。小僧却和這個道人新來住持此間，正欲要整理山門，修蓋殿宇。』智深道：『這婦人是誰？却在這裏吃酒。』那和尚道：『師兄容稟：這個娘子，他是前村王有金的女兒。在先他的父親是本寺檀越，如今消乏了家私，近日好生狼狽，家間人口都没了，丈夫又患病，因來敝寺借米。小僧看施主檀越之面，取酒相待，别無他意，祇是敬禮。師兄休聽那幾個老畜生説。』智深聽了他這篇話，又見他如此小心，便道：『叵耐幾個老僧戲弄灑家！』提了禪杖，再回香積厨來。這幾個老僧方才吃些飯，正在那裏看。見智深忿忿的出來，指着老和尚道：『原來是你這幾個壞了常住，猶自在俺面前說謊。』老和尚們一齊都道：『師兄休聽他說，現今養着一個婦女在那裏。他恰才見你有戒刀、禪杖，他無器械，不敢與你相爭。你若不信時，再去走遭，看他和你怎地。師兄，你自尋思：他們吃酒吃肉，我們粥也没的吃，恰才衹怕師兄吃了。』智深道：『也說得是。』倒提了禪杖，再往方丈後來，見那角門却早關了。

智深大怒，衹一脚踢開了，搶入裏面看時，衹見那生鐵佛崔道成，仗着一條樸刀，從裏面趕到槐樹下來搶智深。智深見了，大吼一聲，輪起手中禪杖，來鬥崔道成。兩個鬥了十四五合，那崔道成鬥智深不過，衹有架隔遮攔，掣仗躲閃，抵當不住，却待要走。這丘道人見他當不住，却從背後拿了條樸刀，大踏步搠將來。智深正鬥間，衹聽的背後脚步響，却又不敢回頭看他，不時見一個人影來，知道有暗算的人。叫一聲：『着！』那崔道成心慌，衹道着他禪杖，托地跳出圈子外去。智深却待回身，正好三個摘脚兒厮見。崔道成和丘道人兩個，又并了十合之上。智深一來肚裏無食，二來走了許多路途，三者當不的他兩個生力，衹得賣個破綻，拖了禪杖便走。兩個捻着樸刀，直殺出山門外來。智深又鬥了十合，鬥他兩個不過，掣了禪杖便走。兩個趕到石橋下，坐在欄干上，再不來趕。

智深走了二里，喘息方定。尋思道：『灑家的包裹放在監齋使者面前，衹顧走來，不曾拿得。路上又没一分盤纏，又是飢餓，如何是好？待要回去，又敵他不過，他兩上并我一個，枉送了性命。』信步望前面去。行一步，懶一步。走了幾里，見前面一個大林子，都是赤松樹。但見：

虬枝錯落，盤數千條赤脚老龍；怪影參差，立幾萬道紅鱗巨蟒。遠觀却似判官鬚，近看宛如魔鬼髮。誰將鮮血灑林梢，疑是朱砂鋪樹頂。

魯智深看了道：『好座猛惡林子！』觀看之間，衹見樹影裏一個人探頭探腦，望了一望，吐了一口唾，閃入去了。智深看了道：『俺猜着這個撮鳥，是個剪徑的强人，正在此間等買賣。見灑家是個和尚，他道不利市，吐一口唾，走入去了。那厮却不是鳥晦氣，撞了灑家。灑家又一肚皮鳥氣，正没處發落，且剥那厮衣裳當酒吃。』提了禪杖，徑搶到松林邊，喝一聲：『兀那林子裏的撮鳥，快出來！』那漢在林子裏聽到，大笑道：『我晦氣，他倒來惹我！』就從林子裏拿着樸刀，背翻身跳出來，喝一聲：『禿驢！你自當死，不是我來尋你。』智深道：『教你認的灑家！』掄起禪杖搶那漢。那漢拈着樸刀，來鬥和尚。恰待向前，肚裏尋思道：『這和尚聲音好熟。』便道：『兀那和尚，你的聲音好熟。你姓甚？』智深道：『俺且和你鬥三百合，却說姓名。』那漢大怒，仗手中樸刀，來迎禪杖。兩個鬥了十數合，那漢暗暗的喝采道：『好個莽和尚！』又鬥了四五合，那漢叫道：『少歇，我有話說。』

兩個都跳出圈子外來。那漢便問道：『你端的姓甚名誰？聲音好熟。』智深說姓名畢，那漢撇了樸刀，翻身便剪拂，說道：『認得史進麽？』智深笑道：『原來是史大郎。』兩個再剪拂了，同到林子裏坐定。智深問道：『史大郎，自渭州别後，你一嚮在何處？』史進答道：『自那日酒樓前與哥哥分手，次日聽得哥哥打死了鄭屠，逃走去了。有緝捕的訪知史進和哥哥賫發那唱的金老，因此小弟也便離了渭州，尋師父王進。直到延州，又尋不着。回到北京，住了幾時，盤纏使盡，以此來在這裏尋些盤纏，不想得遇。哥哥緣何做了和尚？』智深把前面過的話，從頭說了一遍。史進道：『哥哥既是肚飢，小弟有乾肉燒餅在此。』便取出來與智深吃。史進又道：『哥哥既有包裹在寺內，我和你討去。若還不肯時，一發結果了那厮。』智深道：『是。』當下和史進吃得飽了，各拿了器械，同回瓦罐寺來。

到寺前，看見那崔道成、丘小乙兩個，兀自在橋上坐地。智深大喝一聲道：『你這厮們，來，來！今番和你鬥個你死我活！』那和尚笑道：『你是我手裏敗將，如何再來敢厮并？』智深大怒，輪起鐵禪杖，奔過橋來。那生鐵佛生嗔，仗着樸刀，殺下橋去。智深一者得了史進，肚裏膽壯，二乃吃得飽了，那精神氣力越使得出來。兩個鬥到八九合，崔道成漸漸力怯，祇辦得走路。那飛天夜叉丘道人見和尚輸了，便仗着樸刀來協助。這邊史進見了，便從樹林子裏跳將出來，大喝一聲：『都不要走！』掀起笠兒，挺着樸刀，來戰丘小乙。四個人兩對厮殺。

智深與崔道成正鬥到間深裏，智深得便處，喝一聲：『着！』祇一禪杖，把生鐵佛打下橋去。那道人見倒了和尚，無心戀戰，賣個破綻便走。史進喝道：『那裏去！』趕上，望後心一樸刀，撲地一聲響，道人倒在一邊。史進踏入去，調轉樸刀，望下面祇顧肐肢肐察的搠。智深趕下橋去，把崔道成後身一禪杖。可憐兩個强徒，化作南柯一夢。正是：

從前作過事，無幸一齊來。

智深、史進把這丘小乙、崔道成兩個尸首，都縛了攛在澗裏。兩個再打入寺裏來。香積厨下那幾個老和尚，因見智深輸了去，怕崔道成、丘小乙來殺他，已自都吊死了。智深、史進直走入方丈後角門内看時，那個擄來的婦人，投井而死。直尋到裏面八九間小屋，打將入去，并無一人。祇見包裹已拿在彼，未曾打開。智深道：『既有了包裹，依原背了。』再尋到裏面，祇見床上三四包衣服。史進打開，都是衣裳，包了些金銀，揀好的包了一包袱，背在身上。尋到厨房，見有酒有肉，兩個都吃飽了。竈前縛了兩個火把，撥開火，爐炭上點着，焰騰騰的先燒着後面小屋，燒到門前。再縛幾個火把，直來佛殿下後檐點着，燒起來。凑巧風緊，刮刮雜雜地火起，竟天價燒起來。智深與史進看着，等了一回，四下火都着了。二人道：『梁園雖好，不是久戀之家。俺二人祇好撒開。』

二人厮趕着行了一夜。天色微明，兩個遠遠地望見一簇人家，看來是個村鎮。兩個投那村鎮上來。獨木橋邊，一個小小酒店。但見：

柴門半掩，布幕低垂。酸醨酒瓮土床邊，墨畫神仙塵壁上。村童量酒，想非滌器之相如；醜婦當壚，不是當時之卓氏。壁間大字，村中學究醉時題；架上蓑衣，野外漁郎乘興當。

智深、史進來到村中酒店内，一面吃酒，一面叫酒保買些肉來，借些米來，打火做飯。兩個吃酒，訴説路上許多事務。吃了酒飯，智深便問史進道：『你今投那裏去？』史進道：『我如今祇得再回少華山，去投奔朱武等三人入了伙，且過幾時，却再理會。』智深見説了，道：『兄弟，也是。』便打開包裹，取些金銀，與了史進。二人拴了包裹，拿了器械，還了酒錢。二人出得店門，離了村鎮，又行不過五七里，到一個三岔路口。智深道：『兄弟，須要分手。灑家投東京去，你休相送。你打華州，須從這條路去。他日却得相會。若有個便人，可通個信息來往。』史進拜辭了智深，各自分了路，史進去了。

祇説智深自往東京，在路又行了八九日，早望見東京。入得城來，但見：

千門萬户，紛紛朱翠交輝；三市六街，濟濟衣冠聚集。鳳閣列九重金玉，龍樓顯一派玻璃。鶯笙鳳管沸歌臺，象板銀箏鳴舞榭。滿目軍民相慶，樂太平豐稔之年；四方商旅交通，聚富貴榮華之地。花街柳陌，衆多嬌艷名姬；楚館秦樓，無限風流歌妓。豪門富户呼盧，公子王孫買笑。景物奢華無比并，祇疑閬苑與蓬萊。

智深看見東京熱鬧，市井喧嘩，來到城中，陪個小心，問人道：『大相國寺在何處？』街坊人答道：『前面州橋便是。』智深提了禪杖便走，早來到寺前，入得山門看時，端的好一座大刹。但見：

山門高聳，梵宇清幽。當頭敕額字分明，兩下金剛形勢猛。五間大殿，龍鱗瓦砌碧成行；四壁僧房，龜背磨磚花嵌縫。鐘樓森立，經閣巍峨。幡竿高峻接青雲，寶塔依稀侵碧漢。木魚横挂，雲板高懸。佛前燈燭熒煌，爐内香烟繚繞。幢幡不斷，觀音殿接祖師堂；寶蓋相連，水陸會通羅漢院。時時護法諸天降，歲歲降魔尊者來。

智深進得寺來，東西廊下看時，徑投知客寮内去。道人撞見，報與知客。無移時，知客僧出來，見了智深生的凶猛，提着鐵禪杖，跨着戒刀，背着個大包裹，先有五分懼他。知客問道：『師兄何方來？』智深放下包裹禪杖，打個問訊，知客回了問訊。智深説道：『小徒五臺山來。本師真長老有書在此，着小僧來投上刹清大師長老處，討個職事僧做。』

知客道：『既是真大師長老有書札，合當同到方丈裏去。』知客引了智深，直到方丈，解開包裹，取出書來，拿在手裏。知客道：『師兄，你如何不知體面？即日長老出來，你可解了戒刀，取出那七條、坐具、信香來，禮拜長老使得。』智深道：『你却何不早說。』隨即解了戒刀，包裹内取出片香一炷，坐具、七條半晌没做道理處。知客又與他披了袈裟，教他先鋪坐具。少刻，衹見智清禪師兩個使者引着出來，禪椅上坐了。知客向前打個問訊，禀道：『這僧人從五臺山來，有真禪師書在此，上達本師。』清長老道：『好，好！師兄多時不曾有法帖來。』知客叫智深道：『師兄，把書來禮拜長老。』衹見智深先把那炷香插在爐内，拜了三拜，將書呈上。清長老接書，把來拆開看時，中間備說智深出家緣由，并下山投上刹之故。清長老讀罷來書，便道：『遠來僧人且去僧堂中暫歇，吃些齋飯。』智深謝了，收拾起坐具、七條，提了包裹，拿了禪杖、戒刀，跟着行童去了。

清長老唤集兩班許多職事僧人，盡到方丈，乃言：『汝等衆僧在此。你看我師兄智真禪師好没分曉！這個來的僧人，原來是經略府軍官，爲因打死了人，落髮爲僧，二次在彼鬧了僧堂，因此難着他。你那裏安他不的，却推來與我。待要不收留他，師兄如此萬千囑付，不可推故。待要着他在這裏，倘或亂了清規，如何使得。』知客道：『便是弟子們看那僧人，全不似出家人模樣，本寺如何安着得他？』都寺便道：『弟子尋思起來，衹有酸棗門外退居廨宇後那片菜園，如常被營内軍健們并門外那二十來個破落户，時常來侵害，縱放羊馬，好生囉唣。一個老和尚在那裏住持，那裏敢管他。何不教智深去那裏住持，倒敢管的下。』清長老道：『都寺說的是。教侍者去僧堂内客房裏，等他吃罷飯，便唤將他來。』

侍者去不多時，引着智深到方丈裏。清長老道：『你既是我師兄真大師薦將來我這寺中挂搭，做個職事人員。我這敝寺有個大菜園，在酸棗門外岳廟間壁，你可去那裏住持管領。每日教種地人納十擔菜蔬，餘者都屬你用度。』智深便道：『本師真長老着小僧投大刹討個職事僧做，却不教俺做個都寺、監寺，如何教灑家去管菜園？』首座便道：

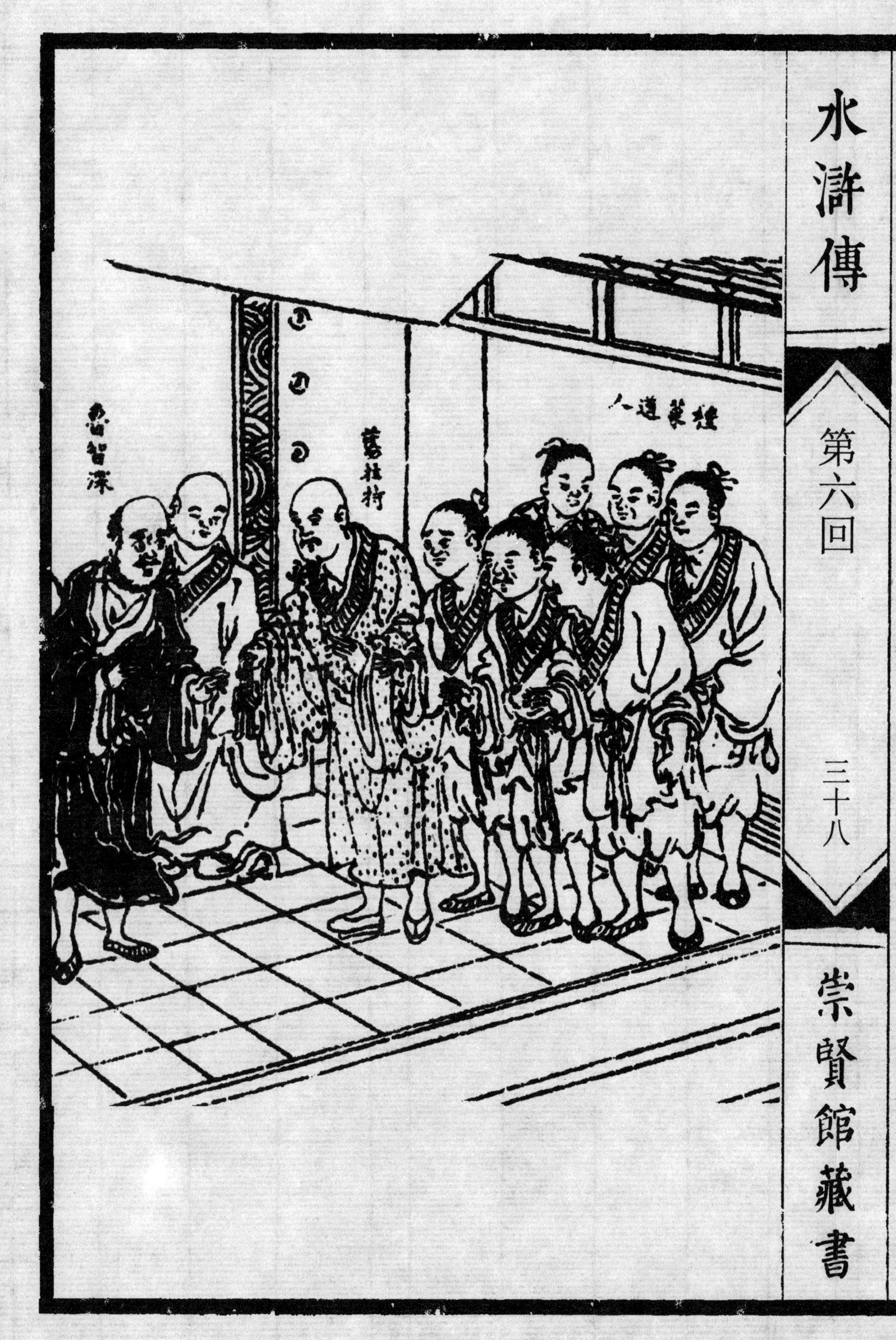

『師兄，你不省得。你新來挂搭，又不曾有功勞，如何便做得都寺？這管菜園也是個大職事人員了。』智深道：『灑家不管菜園，俺祇要做都寺、監寺。』首座又道：『你聽我説與你。僧門中職事人員，各有頭項。且如小僧，做個知客，祇理會管待往來客官僧衆。假如維那、侍者、書記、首座，這都是清職，不容易得做。都寺、監寺、提點、院主，這個都是掌管常住財物。你才到的方丈，怎便是上等職事？還有那管藏的唤做藏主，管殿的唤做殿主，管閣的唤做閣主，管化緣的唤做化主，管浴堂的唤做浴主，這個都是主事人員，中等職事。還有那管塔的塔頭，管飯的飯頭，管茶的茶頭，管菜園的菜頭，管東厠的浄頭，這個都是頭事人員，末等職事。假如師兄你管了一年菜園，好，便升你做個塔頭；又管了一年，好，升你做個浴主；又一年，好，才做監寺。』智深道：『既然如此，也有出身時，灑家明日便去。』話休絮煩，清長老見智深肯去，就留在方丈裏歇了。當日議定了職事，隨即寫了榜文，先使人去菜園裏退居廨宇内挂起庫司榜文，明日交割。當晚各自散了。次早，清長老升法座，押了法帖，委智深管菜園。智深到座前領了法帖，辭了長老，背上包裹，跨了戒刀，提了禪杖，和兩個送入院的和尚直來酸棗門外廨宇裏來住持。

且説菜園左近，有二三十個賭博不成才破落户潑皮，泛常在園内偷盗菜蔬，靠着養身。因來偷菜，看見廨宇門上新挂一道庫司榜文，上説：『大相國寺仰委管菜園僧人魯智深前來住持，自明日爲始掌管，并不許閑雜人等入園攪擾。』那幾個潑皮看了，便去與衆破落户商議道：『大相國寺差一個和尚，什麽魯智深，來管菜園。我們趁他新來，尋一場鬧，一頓打下頭來，教那厮伏我們。』數中一個道：『我有一個道理。他又不曾認的我，我們如何便去尋的鬧？等他來時，誘他去糞窖邊，祇做恭賀他，雙手搶住脚，翻筋鬥攧那厮下糞窖去，祇是小耍他。』衆潑皮道：『好，好！』商量已定，且看他來。

却説魯智深來到廨宇退居内房中，安頓了包裹、行李，倚了禪杖，挂了戒刀。那數個種地道人都來參拜了，但有一應鎖鑰，盡行交割。那兩個和尚同舊住持老和尚，相别了盡回寺去。且説智深出到菜園地上，東觀西望，看那園圃。祇見這二三十個潑皮，拿着些果盒酒禮，都嘻嘻的笑道：『聞知和尚新來住持，我們鄰舍街坊都來作慶。』智深不知是計，直走到糞窖邊來。那伙潑皮一齊向前，一個來搶左脚，一個來搶右脚，指望來攧智深。祇教智深：

脚尖起處，山前猛虎心驚；拳頭落時，海内蛟龍喪膽。正是方圓一片閑園圃，目下排成小戰場。

那伙潑皮怎的來攧智深，且聽下回分解。

第七回　花和尚倒拔垂楊柳　豹子頭誤入白虎堂

此文用筆之難，獨與前後迥異。蓋前後都衹一手順寫一事，便以閑筆波及他事，亦都相時乘便出之。今此文，林沖新認得一個魯達，出格親熱，却接連便有衙内合口一事，出格鬥氣。今要寫魯達，則衙内一事須閣不起，要寫衙内，則魯達一邊須冷不下，誠所謂筆墨之事，亦有進退兩難之日也。況于衙内文中，又要分作兩番叙出，一番自在林家，一番自在高府。今叙高府，則要照林家，叙林家則要照高府。如此百忙之中，却又有菜園一人躍躍欲來，且使此躍躍欲來之人乃是别位猶之可也，今却端端的的便是爲了金翠蓮三拳打死人之魯達。嗚呼！即使作者乃具七手八脚，胡可得了乎？今讀其文，不偏不漏，不板不犯，讀者于此而不服膺，知後世猶未能文也。

此回多用奇恣筆法。如林沖娘子受辱，本應林沖氣忿，他人勸回，今偏倒將魯達寫得聲勢，反用林沖來勸，一也。閱武坊賣刀，大漢自説寶刀，林沖、魯達自説閑話，大漢又説可惜寶刀，林沖、魯達衹顧説閑話，此時譬如兩峰對插，抗不相下，後忽突然合笋，雖驚蛇脱兔，無以爲喻，二也。還過刀錢，便可去矣，却爲要寫林沖愛刀之至，却去問他祖上是誰，此時將答是誰爲是耶，故便就林沖問處，借作收科云：『若説時辱没殺人。』此句雖極會看書人亦衹知其餘墨淋灕，豈能知其惜墨如金耶，三也。白虎節堂，是不可進去之處，今寫林沖誤入，則應出其不意，一氣賺入矣，偏用廳前立住了脚，屏風後堂又立住了脚，然後曲曲折折來至節堂，四也。如此奇文，吾謂雖起史遷示之，亦復安能出手哉！

打陸虞候家時，『四邊鄰捨都閉了門』，衹八個字，寫林沖面色，衙内勢焰都盡。蓋爲藏却衙内，則立刻齏粉，不藏衙内，則即日齏粉，既怕林沖，又怕衙内，四邊鄰捨都閉門，真絶筆矣。

話説那酸棗門外三二十個潑皮破落户中間，有兩個爲頭的，一個叫做過街老鼠張三，一個叫做青草蛇李四。這兩個爲頭接將來，智深也却好去糞窖邊，看見這伙人都不走動，衹立在窖邊，齊道：『俺特來與和尚作慶。』智

深道：『你們既是鄰居街坊，都來廨宇裏坐地。』張三、李四便拜在地上，不肯起來。衹指望和尚來扶他，便要動手。智深見了，心裏早疑忌道：『這伙人不三不四，又不肯近前來，莫不要攧灑家？那厮却是倒來捋虎鬚，俺且走向前去，教那厮看灑家手脚。』智深大踏步近前，去衆人面前來。那張三、李四便道：『小人兄弟們特來參拜師父。』口裏説，便向前去，一個來搶左脚，一個來搶右脚。智深不等他上身，右脚早起，騰的把李四先踢下糞窖裏去。張三恰待走，智深左脚早起，兩個潑皮都踢在糞窖裏掙扎。後頭那二三十個破落户，驚的目瞪痴呆，都待要走，智深喝道：『一個走的，一個下去！兩個走的，兩個下去！』衆潑皮都不敢動彈。衹見那張三、李四在糞窖裏探起頭來。原來那座糞窖没底似深，兩個一身臭屎，頭髮上蛆蟲盤滿，立在糞窖裏，叫道：『師父，饒恕我們！』智深喝道：『你那衆潑皮，快扶那鳥上來，我便饒你衆人。』衆人打一救，攙到葫蘆架邊，臭穢不可近前。智深呵呵大笑道：『兀那蠢物！你且去菜園池子裏洗了來，和你衆人説話。』

兩個潑皮洗了一回，衆人脱件衣服與他兩個穿了。智深叫道：『都來廨宇裏坐地説話。』智深先居中坐了，指着衆人道：『你那伙鳥人，休要瞞灑家，你等都是什麽鳥人，來這裏戲弄灑家？』那張三、李四并衆火伴一齊跪下，説道：『小人祖居在這裏，都衹靠賭博討錢爲生。這片菜園是俺們衣飯碗，大相國寺裏幾番使錢，要奈何我們不得。師父却是那裏來的長老？恁的了得！相國寺裏不曾見有師父，今日我等願情伏侍。』智深道：『灑家是關西延安府老种經略相公帳前提轄官，衹爲殺的人多，因此情願出家，五臺山來到這裏。灑家俗姓魯，法名智深。休説你這三二十個人直什麽，便是千軍萬馬隊中，俺敢直殺的入去出來！』衆潑皮喏喏連聲，拜謝了去。智深自來廨宇裏房内，收拾整頓歇卧。

次日，衆潑皮商量，凑些錢物，買了十瓶酒，牽了一個猪，來請智深。都在廨宇安排了，請魯智深居中坐了，兩邊一帶坐定那二三十潑皮飲酒。智深道：『什麽道理，叫你衆人們壞鈔。』衆人道：『我們有福，今日得師父在

這裏，與我等衆人做主。」智深大喜。吃到半酣裏，也有唱的，也有説的，也有拍手的，也有笑的。正在那裏喧哄，衹聽得門外老鴉哇哇的叫。衆人有叩齒的，齊道：「赤口上天，白舌入地。」智深道：「你們做什麽鳥亂？」衆人道：「老鴉叫，怕有口舌。」智深道：「那裏取這話！」那種地道人笑道：「墻角邊緑楊樹上新添了一個老鴉巢，每日衹聒到晚。」衆人道：「把梯子去上面拆了那巢便了。」有幾個道：「我們便去。」智深也乘着酒興，都到外面看時，果然緑楊樹上一個老鴉巢。衆人道：「把梯子上去拆了，也得耳根清净。」李四便道：「我與你盤上去，不要梯子。」智深相了一相，走到樹前，把直裰脱了，用右手向下，把身倒繳着，却把左手拔住上截，把腰衹一趁，將那株緑楊樹帶根拔起。衆潑皮見了，一齊拜倒在地，衹叫：「師父非是凡人，正是真羅漢！身體無千萬斤氣力，如何拔得起！」智深道：「打甚鳥緊！明日都看灑家演武使器械。」衆潑皮當晚各自散了。

從明日爲始，這二三十個破落户見智深匾匾的伏，每日將酒肉來請智深，看他演武使拳。過了數日，智深尋思道：「每日吃他們酒食多矣，灑家今日也安排些還席。」叫道人去城中買了幾般果子，沽了兩三擔酒，殺翻一口猪、一腔羊。那時正是三月盡，天氣正熱。智深道：「天色熱！」叫道人緑槐樹下鋪了蘆席，請那許多潑皮團團坐定。大碗斟酒，大塊切肉，叫衆人吃得飽了。再取果子吃酒，又吃得正濃，衆潑皮道：「這幾日見師父演力，不曾見師父使器械，怎得師父教我們看一看也好。」智深道：「説的是。」自去房内取出渾鐵禪杖，頭尾長五尺，重六十二斤。衆人看了，盡皆吃驚，都道：「兩臂膊没水牛大小氣力，怎使得動！」智深接過來，颼颼的使動，渾身上下，没半點兒參差。衆人看了，一齊喝采。

智深正使得活泛，衹見墻外一個官人看見，喝采道：「端的使得好！」智深聽得，收住了手看時，衹見墻缺邊立着一個官人。怎生打扮？但見：

頭戴一頂青紗抓角兒頭巾，腦後兩個白玉圈連珠鬢環。身穿一領單緑羅團花戰袍，腰系一條雙獺尾龜背銀帶。穿一對磕瓜頭朝樣皂靴，手中執一把折迭紙西川扇子。

那官人生的豹頭環眼，燕頷虎鬚，八尺長短身材，三十四五年紀，口裏道：「這個師父端的非凡，使的好器械！」衆潑皮道：「這位教師喝采，必然是好。」智深問道：「那軍官是誰？」衆人道：「這官人是八十萬禁軍槍棒教頭林武師，名唤林沖。」智深道：「何不就請來厮見？」那林教頭便跳入墻來。兩個就槐樹下相見了，一同坐地。林教頭便問道：「師兄何處人氏？法諱唤做什麽？」智深道：「灑家是關西魯達的便是。衹爲殺的人多，情願爲僧。年幼時也曾到東京，認得令尊林提轄。」林沖大喜，就當結義智深爲兄。智深道：「教頭今日緣何到此？」林沖答道：「恰才與拙荆一同來間壁岳廟裏還香願。林沖聽得使棒，看得入眼，着女使錦兒自和荆婦去廟裏燒香。林沖就衹此間相等。不想得遇師兄。」智深道：「灑家初到這裏，正没相識，得這幾個大哥每日相伴。如今又得教頭不弃，結爲弟兄，十分好了。」便叫道人再添酒來相待。恰才飲得三杯，衹見女使錦兒慌慌急急，紅了臉，在墻缺邊叫道：「官人，休要坐地！娘子在廟中和人合口！」林沖連忙問道：「在那裏？」錦兒道：「正在五岳樓下來，撞見個詐奸不及的，把娘子攔住了，不肯放。」林沖慌忙道：「却再來望師兄，休怪，休怪！」

林沖别了智深，急跳過墻缺，和錦兒徑奔岳廟裏來。搶到五岳樓看時，見了數個人拿着彈弓、吹筒、粘竿，都立在欄干邊。胡梯上一個年小的後生，獨自背立着，把林沖的娘子攔着道：「你且上樓去，和你説話。」林沖娘子紅了臉道：「清平世界，是何道理，把良人調戲！」林沖趕到跟前，把那後生肩胛衹一扳過來，喝道：「調戲良人妻子，當得何罪！」恰待下拳打時，認的是本管高太尉螟蛉之子高衙内。原來高俅新發迹，不曾有親兒，無人幫助，因此過房這高阿叔高三郎兒子在房内爲子。本是叔伯弟兄，却與他做乾兒子，因此高太尉愛惜他。那厮在東京倚勢豪强，專一愛淫垢人家妻女。京師人懼怕他權勢，誰敢與他争口，叫他做花花太歲。

當時林沖扳將過來，却認得是本管高衙内，先自手軟了。高衙内説道：「林沖，干你甚事，你來多管？」原這裏，與我等眾人做個主。」智深大喜。吃到半酣裏，也有唱的，也有說的，也有拍手的，也有笑的。正在那裏喧哄，祇聽得門外老鴉哇哇的叫。眾人有叩齒的，齊道：「赤口上天，白舌入地。」智深道：「你們做甚麼鳥亂？」眾人道：「老鴉叫，怕有口舌。」智深道：「那裏取這話！」那種地道人笑道：「牆角邊綠楊樹上新添了一個老鴉巢，每日直聒到晚。」眾人道：「把梯子去上面拆了那巢便了。」有幾個道：「我們便去。」智深也乘着酒興，都到外面看時，果然綠楊樹上一個老鴉巢。眾人道：「把梯子上去拆了，也得耳根清淨。」李四便道：「我與你盤上去，不要梯子。」智深相了一相，走到樹前，把直裰脫了，用右手向下，把身倒繳着，却把左手拔住上截，把腰祇一趁，將那株綠楊樹帶根拔起。眾潑皮見了，一齊拜倒在地，祇叫：「師父非是凡人，正是真羅漢！身體無千萬斤氣力，如何拔得起！」智深道：「打甚鳥緊！明日都看灑家演武使器械。」眾潑皮當晚各自散了。

從明日爲始，這二三十個破落戶見智深匾匾的伏，每日將酒肉來請智深，看他演武使拳。過了數日，智深尋思道：「每日吃他們酒食多矣，灑家今日也安排些還席。」叫道人去城中買了幾般果子，沽了兩三擔酒，殺翻一口豬，一腔羊，那時正是三月盡，天氣正熱。智深道：「天色熱！」叫道人綠槐樹下鋪了蘆席，請那許多潑皮團團坐定。大碗斟酒，大塊切肉，叫眾人吃得飽了，再取果子吃酒。又吃得正濃，眾潑皮道：「這幾日見師父演力，不曾見師父使器械，怎得師父教我們看一看也好。」智深道：「說的是。」自去房內取出渾鐵禪杖，頭尾長五尺，重六十二斤。眾人看了，盡皆吃驚，都道：「兩臂膊沒水牛大小氣力，怎使得動！」智深接過來，颼颼的使動，渾身上下，沒半點兒參差。眾人看了，一齊喝采。

智深正使得活泛，祇見牆外一個官人看見，喝采道：「端的使得好！」智深聽得，收住了手看時，祇見牆缺邊立着一個官人。怎生打扮？但見：

頭戴一頂青紗抓角兒頭巾，腦後兩個白玉圈連珠鬢環。身穿一領單綠羅團花戰袍，腰繫一條雙搭尾龜背銀帶，穿一對磕爪頭朝樣皂靴，手中執一把折疊紙西川扇子。

那官人生的豹頭環眼，燕頷虎鬚，八尺長短身材，三十四五年紀，口裏道：「這個師父端的非凡，使的好器械！」眾潑皮道：「這位教師喝采，必然是好。」智深問道：「那軍官是誰？」眾人道：「這官人是八十萬禁軍槍棒教頭林武師，名喚林冲。」智深道：「何不就請來廝見？」那林教頭便跳入牆來。兩個就槐樹下相見了，一同坐地。林教頭便問道：「師兄何處人氏？法諱喚做甚麼？」智深道：「灑家是關西魯達的便是。祇爲殺的人多，情願爲僧。年幼時也曾到東京，認得令尊林提轄。」林冲大喜，就當結義智深爲兄。智深道：「教頭今日緣何到此？」林冲答道：「恰纔與拙荊一同來間壁岳廟裏還香願。林冲聽得使棒，看得入眼，着女使錦兒自和荊婦去廟裏燒香。林冲就祇此間相等。不想得遇師兄。」智深道：「灑家初到這裏，正沒相識，得這幾個大哥每日相伴。如今又得教頭不棄，結爲弟兄，十分好了。」便叫道人再添酒來相待。恰纔飲得三杯，祇見女使錦兒慌慌急急，紅了臉，在牆缺邊叫道：「官人，休要坐地！娘子在廟中和人合口！」林冲連忙問道：「在那裏？」錦兒道：「正在五岳樓下來，撞見個詐奸不及的，把娘子攔住了，不肯放。」林冲慌忙道：「却再來望師兄，休怪，休怪！」

林冲別了智深，急跳過牆缺，和錦兒逕奔岳廟裏來。搶到五岳樓看時，見了數個人拿着彈弓、吹筒、粘竿，都立在欄干邊。胡梯上一個年小的後生獨自背立着，把林冲的娘子攔着道：「你且上樓去，和你說話。」林冲娘子紅了臉，道：「清平世界，是何道理，把良人調戲！」林冲趕到跟前，把那後生肩胛祇一扳過來，喝道：「調戲良人妻子，當得何罪！」恰待下拳打時，認的是本管高太尉螟蛉之子高衙內。原來高俅新發跡，不曾有親兒，無人幫助，因此過房這高阿叔高三郎兒子在房內爲子。本是叔伯弟兄，却與他做乾兒子。因此高太尉愛惜他。那廝在東京倚勢豪强，專一愛淫垢人家妻女。京師人懼怕他權勢，誰敢與他爭口，叫他做花花太歲。

當時林冲扳將過來，却認得是本管高衙內，先自手軟了。高衙內說道：「林冲，干你甚事，你來多管！」原來高衙內不認得他是林沖的娘子，若還認得時，也没這場事。見林沖不動手，他發這話。衆多閑漢見鬧，一齊攏來勸道：『教頭休怪，衙內不認的，多有衝撞。』林沖怒氣未消，一雙眼睜着瞅那高衙內，衆閑漢勸了林沖，和哄高衙內出廟上馬去了。

林沖將引妻小并使女錦兒，也轉出廊下來。祇見智深提着鐵禪杖，引着那二三十個破落户，大踏步搶入廟來。林沖見了，叫道：『師兄，那裏去？』智深道：『我來幫你厮打！』林沖道：『原來是本管高太尉的衙內，不認得荆婦，時間無禮。林沖本待要痛打那厮一頓，太尉面上須不好看。自古道：「不怕官，祇怕管。」林沖不合吃着他的請受，權且讓他這一次。』智深道：『你却怕他本管太尉，灑家怕他甚鳥！俺若撞見那撮鳥時，且教他吃灑家三百禪杖了去。』林沖見智深醉了，便道：『師兄説得是。林沖一時被衆人勸了，權且饒他。』智深道：『但有事時，便來喚灑家與你去。』衆潑皮見智深醉了，扶着道：『師父，俺們且去，明日再得相會。』智深提着禪杖道：『阿嫂休怪，莫要笑話。阿哥，明日再得相會。』智深相别，自和潑皮去了。林沖領了娘子并錦兒取路回家，心中祇是鬱鬱不樂。

且説這高衙內引了一班兒閑漢，自見了林沖娘子，又被他衝散了，心中好生着迷，快快不樂，回到府中納悶。過了三兩日，衆多閑漢都來伺候，見衙內自焦，没撩没亂，衆人散了。數內有一個幫閑的，喚作乾鳥頭富安，理會高衙內意思，獨自一個到府中伺候。見衙內在書房中閑坐，那富安走近前去道：『衙內近日面色清減，心中少樂，必然有件不悦之事。』高衙內道：『你如何省得？』富安道：『小子一猜便着。』衙內道：『你猜我心中甚事不樂？』富安道：『衙內是思想那「雙木」的。這猜如何？』衙內笑道：『你猜得是。祇没個道理得他。』富安道：『有何難哉！衙內怕林沖是個好漢，不敢欺他，這個無傷。他見在帳下聽使喚，大請大受，怎敢惡了太尉？輕則便刺配了他，重則害了他性命。小閑尋思有一計，使衙內能夠得他。』高衙內聽的，便道：『自見了多少好女娘，不知怎的祇愛他，心中着迷，鬱鬱不樂。你有甚見識，能夠他時，我自重重的賞你。』富安道：『門下知心腹的陸虞候陸謙，他和林沖最好。明日衙內躲在陸虞候樓上深閣，擺下些酒食，却叫陸謙去請林沖出來吃酒。教他直去樊樓上深閣裏吃酒。小閑便去他家對林沖娘子説道：「你丈夫教頭和陸謙吃酒，一時重氣，悶倒在樓上，叫娘子快去看哩。」賺得他來到樓上。婦人家水性，見了衙內這般風流人物，再着些甜話兒調和他，不由他不肯。小閑這一計如何？』高衙內喝采道：『好條計！就今晚着人去喚陸虞候來分付了。』原來陸虞候家祇在高太尉家隔壁巷內。次日，商量了計策，陸虞候一時聽允，也没奈何，祇要衙內歡喜，却顧不得朋友交情。

且説林沖連日悶悶不已，懶上街去，已牌時，聽得門首有人叫道：『教頭在家麽？』林沖出來看時，却是陸虞候，慌忙道：『陸兄何來？』陸謙道：『特來探望，祇何故連日街前不見？』林沖道：『心裏悶，不曾出去。』陸謙道：『我同兄長去吃三杯解悶。』林沖道：『少坐拜茶。』兩個吃了茶起身。陸虞候道：『阿嫂，我同兄長到家去吃三杯。』林沖娘子趕到布簾下，叫道：『大哥，少飲早歸。』林沖與陸謙出得門來，街上閑走了一回。陸虞候道：『兄長，我們休家去，祇就樊樓內吃兩杯。』當時兩個上到樊樓內，占個閣兒，喚酒保分付，叫取兩瓶上色好酒，希奇果子案酒。兩個叙説閑話。林沖嘆了一口氣，陸虞候道：『兄長何故嘆氣？』林沖道：『賢弟不知，男子漢空有一身本事，不遇明主，屈沉在小人之下，受這般腌臢的氣！』陸虞候道：『如今禁軍中雖有幾個教頭，誰人及得兄長的本事，太尉又看承得好，却受誰的氣？』林沖把前日高衙內的事告訴陸虞候一遍。陸虞候道：『衙內必不認的嫂子。如此也不打緊，兄長不必忍氣，祇顧飲酒。』林沖吃了八九杯酒，因要小遺，起身道：『我去净手了來。』

林沖下得樓來，出酒店門，投東小巷內去净了手。回身轉出巷口，祇見女使錦兒叫道：『官人，尋得我苦，却在這裏！』林沖慌忙問道：『做什麽？』錦兒道：『官人和陸虞候出來，没半個時辰，祇見一個漢子慌慌急急奔來家裏，對娘子説道：「我是陸虞候家鄰舍。你家教頭和陸謙吃酒，祇見教頭一口氣不來，便撞倒了！」祇叫娘子且快來看視。」娘子聽得，連忙央間壁王婆看了家，和我跟那漢子去。直到太尉府前巷內一家人家，上至樓上，來高衙內不認得他是林沖的娘子，若還認得時，也沒這場事。見林沖不動手，他發這話。衆多閑漢見鬧，一齊攏來勸道：「教頭休怪，衙內不認的，多有衝撞。」林沖怒氣未消，一雙眼睜着瞅那高衙內。衆閑漢勸了林沖，和哄高衙內出廟上馬去了。

林沖將引妻小并使女錦兒，也轉出廊下來，只見智深提着鐵禪杖，引着那二三十個破落戶，大踏步搶入廟來。林沖見了，叫道：「師兄，那裏去？」智深道：「我來幫你厮打！」林沖道：「原來是本管高太尉的衙內，不認得荆婦，時間無禮。林沖本待要痛打那厮一頓，太尉面上須不好看。自古道：『不怕官，只怕管。』林沖不合吃着他的請受，權且讓他這一次。」智深道：「你却怕他本管太尉，洒家怕他甚鳥！俺若撞見那撮鳥時，且教他吃洒家三百禪杖了去。」林沖見智深醉了，便道：「師兄說得是。林沖一時被衆人勸了，權且饒他。」智深道：「但有事時，便來喚洒家與你去。」衆潑皮見智深醉了，扶着道：「師父，俺們且去，明日再得相會。」智深提着禪杖道：「阿嫂休怪，莫要笑話。阿哥，明日再得相會。」智深相別，自和潑皮去了。林沖領了娘子并錦兒取路回家，心中只是鬱鬱不樂。

且說這高衙內引了一班兒閑漢，自見了林沖娘子，又被他衝散了，心中好生着迷，快快不樂，回到府中納悶。過了三兩日，衆多閑漢都來伺候，見衙內自焦，没撩没亂，衆人散了。數內有一個幫閑的，唤作乾鳥頭富安，理會高衙內意思，獨自一個到府中伺候，見衙內在書房中閑坐，那富安走近前去道：「衙內近日面色清減，心中少樂，必然有件不悦之事。」高衙內道：「你如何省得？」富安道：「小子一猜便着。」衙內道：「你猜我心中甚事不樂？」富安道：「衙內是思想那『雙木』的，這猜如何？」衙內笑道：「你猜得是。只没個道理得他。」富安道：「有何難哉！衙內怕林沖是個好漢，不敢欺他，這個無傷。他見在帳下聽使唤，大請大受，怎敢惡了太尉？輕則便刺配了他，重則害了他性命。小閑尋思有一計，使衙內能勾得他。」高衙內聽的，便道：「自見了多少好女娘，不知怎的只愛他，心中着迷，鬱鬱不樂。你有甚見識，能勾他時，我自重重的賞你。」富安道：「門下知心腹的陸虞候

謙，他和林沖最好。明日衙內躲在陸虞候樓上深閣，擺下些酒食，却叫陸謙去請林沖出來吃酒。教他直去樊樓上深閣裏吃酒。小閑便去他家對林沖娘子說道：『你丈夫教頭和陸謙吃酒，一時重氣，悶倒在樓上，叫娘子快去看哩。』賺得他來到樓上。婦人家水性，見了衙內這般風流人物，再着些甜話兒調和他，不由他不肯。小閑這一計如何？」高衙內喝采道：「好條計！就今晚着人去喚陸虞候來分付了。」原來陸虞候家只在高太尉家隔壁巷內。次日，商量了計策，陸虞候一時聽允，也没奈何，只要衙內歡喜，却顧不得朋友交情。

且說林沖連日悶悶不已，懶上街去。巳牌時，聽得門首有人叫道：「教頭在家麽？」林沖出來看時，却是陸虞候，慌忙道：「陸兄何來？」陸謙道：「特來探望，兄何故連日街前不見？」林沖道：「心裏悶，不曾出去。」陸謙道：「我同兄長去吃三杯解悶。」林沖道：「少坐拜茶。」兩個吃了茶起身。陸虞候道：「阿嫂，我同兄長到家去吃三杯。」林沖娘子趕到布簾下，叫道：「大哥，少飲早歸。」林沖與陸謙出得門來，街上閑走了一回。陸虞候道：「兄長，我們休家去，只就樊樓內吃兩杯。」當時兩個上到樊樓內，占個閣兒，唤酒保分付，叫取兩瓶上色好酒，希奇果子案酒。兩個叙説閑話。林沖嘆了一口氣，陸虞候道：「兄長何故嘆氣？」林沖道：「賢弟不知，男子漢空有一身本事，不遇明主，屈沉在小人之下，受這般腌臢的氣！」陸虞候道：「如今禁軍中雖有幾個教頭，誰人及得兄長的本事，太尉又看承得好，却受誰的氣？」林沖把前日高衙內的事告訴陸虞候一遍。陸虞候道：「衙內必不認的嫂子。如此也不打緊，兄長不必忍氣，只顧飲酒。」林沖吃了八九杯酒，因要小遺，起身道：「我去净手了來。」

林沖下得樓來，出酒店門，投東小巷内去净了手。回身轉出巷口，只見女使錦兒叫道：「官人，尋得我苦，却在這裏！」林沖慌忙問道：「做甚麽？」錦兒道：「官人和陸虞候出來，没半個時辰，只見一個漢子慌慌急急奔來家裏，對娘子說道：『我是陸虞候家鄰舍。你家教頭和陸謙吃酒，只見教頭一口氣不來，便撞倒了！』只叫娘子且快來看視。』娘子聽得，連忙央間壁王婆看了家，和我跟那漢子去。直到太尉府前巷內一家人家，上至樓上，

衹見桌子上擺着些酒食，不見官人。恰待下樓，衹見前日在岳廟裏囉唣娘子的那後生出來道：「娘子少坐，你丈夫來也。」錦兒慌慌下的樓時，衹聽得娘子在樓上叫：「殺人！」因此，我一地裏尋官人不見，正撞着賣藥的張先生道：「我在樊樓前過，見教頭和一個人入去吃酒。」因此特奔到這裏。官人快去！」

林沖見説，吃了一驚，也不顧女使錦兒，三步做一步，跑到陸虞候家。搶到胡梯上，却關着樓門。衹聽得娘子叫道：「清平世界，如何把我良人妻子關在這裏！」又聽得高衙内道：「娘子，可憐見救俺！便是鐵石人，也告的回轉！」林沖立在胡梯上，叫道：「大嫂開門！」那婦人聽的是丈夫聲音，衹顧來開門。高衙内吃了一驚，斡開了樓窗，跳墻走了。林沖上的樓上，尋不見高衙内，問娘子道：「不曾被這廝點污了？」娘子道：「不曾。」林沖把陸虞候家打得粉碎，將娘子下樓。出得門外看時，鄰舍兩邊都閉了門。女使錦兒接着，三個人一處歸家去了。

林沖拿了一把解腕尖刀，徑奔到樊樓前去尋陸虞候，也不見了。却回來他門前等了一晚，不見回家，林沖自歸。娘子勸道：「我又不曾被他騙了，你休得胡做。」林沖道：「叵耐這陸謙畜生，我和你如兄若弟，你也來騙我！衹怕不撞見高衙内，也照管着他頭面。」娘子苦勸，那裏肯放他出門。陸虞候衹躲在太尉府内，亦不敢回家。林沖一連等了三日，并不見面。府前人見林沖面色不好，誰敢問他。

第四日飯時候，魯智深徑尋到林沖家相探，問道：「教頭如何連日不見面？」林沖答道：「小弟少冗，不曾探得師兄。既蒙到我寒舍，本當草酌三杯，争奈一時不能周備，且和師兄一同上街閑玩一遭，市沽兩盞，如何？」智深道：「最好。」兩個同上街來，吃了一日酒，又約明日相會。自此，每日與智深上街吃酒，把這件事都放慢了。

且説高衙内自從那日在陸虞候家樓上吃了那驚，跳墻脱走，不敢對太尉説知，因此在府中卧病。陸虞候和富安兩個來府裏望衙内，見他容顔不好，精神憔悴。陸謙道：「衙内何故如此精神少樂？」衙内道：「實不瞞你們説，我爲林沖老婆，兩次不能夠得他，又吃他那一驚，這病越添得重了。眼見的半年三個月，性命難保。」二人道：「衙内且寬心，衹在小人兩個身上，好歹要共那婦人完聚，衹除他自縊死了便罷。」正説間，府裏老都管也來看衙内病癥。衹見：

不癢不疼，渾身上或寒或熱；没撩没亂，滿腹中又飽又飢。白晝忘餐，黄昏廢寢。對爺娘怎訴心中恨，見相識難遮臉上羞。

那陸虞候和富安見老都管來問病，兩個商量道：「衹除恁的。」等候老都管看病已了出來，兩個邀老都管僻静處説道：「若要衙内病好，衹除教太尉得知，害了林沖性命，方能夠得他老婆和衙内在一處，這病便得好。若不如此，一定送了衙内性命。」老都管道：「這個容易，老漢今晚便稟太尉得知。」兩個道：「我們已有了計，衹等你回話。」

老都管至晚來見太尉，説道：「衙内不害别的癥，却害林沖的老婆。」高俅道：「幾時見了他的渾家？」都管稟道：「便是前月二十八日，在岳廟裏見來，今經一月有餘。」又把陸虞候設的計備細説了。高俅道：「如此，因爲他渾家怎地害他？我尋思起來，若爲惜林沖一個人時，須送了我孩兒性命，却怎生是好？」都管道：「陸虞候和富安有計較。」高俅道：「既是如此，教唤二人來商議。」老都管隨即唤陸謙、富安，入到堂裏，唱了喏。高俅問道：「我這小衙内的事，你兩個有甚計較？救得我孩兒好了時，我自抬舉你二人。」陸虞候向前稟道：「恩相在上，衹除如此如此使得。」高俅見説了，喝采道：「好計！你兩個明日便與我行。」不在話下。

再説林沖每日和智深吃酒，把這件事不記心了。那一日，兩個同行到閱武坊巷口，見一條大漢，頭戴一頂抓角兒頭巾，穿一領舊戰袍，手裏拿着一口寶刀，插着個草標兒，立在街上，口裏自言自語説道：「不遇識者，屈沉了我這口寶刀！」林沖也不理會，衹顧和智深説着話走。那漢又跟在背後道：「好口寶刀，可惜不遇識者！」林沖衹顧和智深走着，説得入港。那漢又在背後説道：「偌大一個東京，没一個識的軍器的！」林沖聽的説，回過頭來，那漢颼的把那口刀掣將出來，明晃晃的奪人眼目。林沖合當有事，猛可地道：「將來看！」那漢遞將過來。

林沖接在手內，同智深看了。但見：

清光奪目，冷氣侵人。遠看如玉沼春冰，近看似瓊臺瑞雪。花紋密布，鬼神見後心驚；氣象縱横，奸黨遇時膽裂。太阿巨闕應難比，干將莫邪亦等閑。

當時林沖看了，吃了一驚，失口道：『好刀！你要賣幾錢？』那漢道：『索價三千貫，實價二千貫。』林沖道：『值是值二千貫，衹没個識主。你若一千貫肯時，我買你的。』那漢道：『我急要些錢使，你若端的要時，饒你五百貫，實要一千五百貫。』林沖道：『衹是一千貫，我便買了。』那漢嘆口氣道：『金子做生鐵賣了，罷，罷！一文也不要少了我的。』林沖道：『跟我來家中取錢還你。』回身却與智深道：『師兄且在茶房裏少待，小弟便來。』智深道：『灑家且回去，明日再相見。』

林沖別了智深，自引了賣刀的那漢，去家去取錢與他。將銀子折算價貫，準還與他，就問那漢道：『你這口刀那裏得來？』那漢道：『小人祖上留下。因爲家道消乏，没奈何，將出來賣了。』林沖道：『你祖上是誰？』那漢道：『若說時，辱没殺人！』林沖再也不問。那漢得了銀兩自去了。林沖把這口刀翻來覆去看了一回，喝采道：『端的好把刀！高太尉府中有一口寶刀，胡亂不肯教人看，我幾番借看，也不肯將出來。今日我也買了這口好刀，慢慢和他比試。』林沖當晚不落手看了一晚，夜間挂在壁上。未等天明，又去看那刀。

次日，已牌時分，衹聽得門首有兩個承局叫道：『林教頭，太尉鈞旨，道你買一口好刀，就叫你將去比看。太尉在府裏專等。』林沖聽得，說道：『又是什麼多口的報知了。』兩個承局催得林沖穿了衣服，拿了那口刀，隨這兩個承局來。一路上，林沖道：『我在府中不認的你。』兩個人說道：『小人新近參隨。』却早來到府前，進得到廳前，林沖立住了脚。兩個又道：『太尉在裏面後堂内坐地。』轉入屏風，至後堂，又不見太尉。林沖又住了脚。兩個又道：『太尉直在裏面等你，叫引教頭進來。』又過了兩三重門，到一個去處，一周遭都是緑欄杆。兩個又引

林沖到堂前，說道：『教頭，你衹在此少待，等我入去稟太尉。』林沖拿着刀，立在檐前，兩個人自入去了。一盞茶時，不見出來。林沖心疑，探頭入簾看時，衹見檐前額上有四個青字，寫道『白虎節堂』。林沖猛省道：『這節堂是商議軍機大事處，如何敢無故輒入，不是禮！』急待回身，衹聽的靴履響、脚步鳴，一個人從外面入來。林沖看時，不是別人，却是本管高太尉。

林沖見了，執刀向前聲喏。太尉喝道：『林沖，你又無呼喚，安敢輒入白虎節堂！你知法度否？你手裏拿刀，莫非來刺殺下官？有人對我說，你兩三日前拿刀在府前伺候，必有歹心。』林沖躬身稟道：『恩相，恰才蒙兩個承局呼喚林沖，將刀來比看。』太尉喝道：『承局在那裏？』林沖道：『恩相，他兩個已投堂裏去了。』太尉道：『胡說！什麼承局敢進我府堂裏去。左右，與我拿下這廝！』說猶未了，旁邊耳房裏走出二十餘人，把林沖横推倒拽，恰似皂雕追紫燕，渾如猛虎啖羊羔。高太尉大怒道：『你既是禁軍教頭，法度也還不知道。因何手執利刃，故入節堂，欲殺本官？』叫左右把林沖推下，不知性命如何。不因此等，有分教：大鬧中原，縱横海内。直教農夫背上添心號，漁父舟中插認旗。

畢竟看林沖性命如何，且聽下回分解。

第八回　林教頭刺配滄州道　魯智深大鬧野猪林

此回凡兩段文字，一段是林武師寫休書，一段是野猪林吃悶棍；一段寫兒女情深，一段寫英雄氣短，衹看他行文歷歷落落處。

話説當時太尉喝叫左右排列軍校，拿下林沖要斬，林沖大叫冤屈。太尉道：『你來節堂有何事務？現今手裏拿着利刃，如何不是來殺下官？』

林沖告道：『太尉不喚，如何敢見？有兩個承局望堂裏去了，故賺林沖到此。』太尉喝道：『胡説！我府中那有承局。這厮不服斷遣！』喝叫左右解去開封府，分付滕府尹好生推問，勘理明白處決。就把寶刀封了去。左右領了鈞旨，監押林沖投開封府來。恰好府尹坐衙未退。但見：

緋羅繳壁，紫綬卓圍。當頭額挂朱紅，四下簾垂斑竹。官僚守正，戒石上刻御制四行；令史謹嚴，漆牌中書低聲二字。提轄官能掌機密，客帳司專管牌單。吏兵沉重，節級嚴威。執藤條衹候立階前，持大杖離班分左右。龐眉獄卒挈沉枷，顯耀狰獰；竪目押牢提鐵鎖，施逞猛勇。户婚詞訟，斷時有似玉衡明；鬥毆相争，判斷恰如金鏡照。雖然一群宰臣官，果是四方民父母。直使囚從冰上立，盡教人向鏡中行。説不盡許多威儀，似塑就一堂神道。

高太尉幹人把林沖押到府前，跪在階下。府幹將太尉言語對滕府尹説了，將上太尉封的那把刀，放在林沖面前。府尹道：『林沖，你是個禁軍教頭，如何不知法度，手執利刃，故入節堂？這是該死的罪犯！』林沖告道：『恩相明鏡，念林沖負屈銜冤。小人雖是粗滷的軍漢，頗識些法度，如何敢擅入節堂。爲是前月二十八日，林沖與妻到岳廟還香願，正迎見高太尉的小衙内把妻子調戲，被小人喝散了。次後，又使陸虞候賺小人吃酒，却使富安來騙林沖妻子到陸虞候家樓上調戲，亦被小人趕去，是把陸虞候家打了一場。兩次雖不成奸，皆有人證。次日，林沖自買這口刀。今日，太尉差兩個承局來家呼唤林沖，叫將刀來府裏比看。因此，林沖同二人到節堂下。兩個承局進堂裏去了，不想太尉從外面進來，設計陷害林沖。望恩相做主！』

府尹聽了林沖口詞，且叫與了回文，一面取刑具枷杻來枷了，推入牢裏監下。林沖家裏自來送飯，一面使錢。林沖的丈人張教頭亦來買上告下，使用財帛。正值有個當案孔目，姓孫名定，爲人最鯁直，十分好善，衹要周全人，因此人都唤做孫佛兒。他明知道這件事，轉轉宛宛，在府上説知就裏，禀道：『此事果是屈了林沖，衹可周全他。』府尹道：『他做下這般罪，高太尉批仰定罪，定要問他「手執利刃，故入節堂，殺害本官」，怎周全得他？』孫定道：『這南衙開封府不是朝廷的，是高太尉家的？』府尹道：『胡説！』孫定道：『誰不知高太尉當權，倚勢豪强，更兼他府裏無般不做，但有人小小觸犯，便發來開封府，要殺便殺，要剮便剮，却不是他家官府？』府尹道：『據你説時，林沖事怎的方便他，施行斷遣？』孫定道：『看林沖口詞，是個無罪的人。衹是没拿那兩個承局處。如今着他招認做「不合腰懸利刃，誤入節堂」，脊杖二十，刺配遠惡軍州。』

滕府尹也知這件事了，自去高太尉面前，再三禀説林沖口詞。高俅情知理短，又礙府尹，衹得准了。就此日，府尹回來升廳，叫林沖除了長枷，斷了二十脊杖，唤個文筆匠刺了面頰，量地方遠近，該配滄州牢城。當廳打一面七斤半團頭鐵葉護身枷釘了，貼上封皮，押了一道牒文，差兩個防送公人監押前去。

兩個人是董超、薛霸。二人領了公文，押送林沖出開封府來。衹見衆鄰舍并林沖的丈人張教頭，都在府前接着，同林沖兩個公人，到州橋下酒店裏坐定。林沖道：『多得孫孔目維持，這棒不毒，因此走得動。』張教頭叫酒保安排案酒果子，管待兩個公人。酒至數杯，衹見張教頭將出銀兩，賫發他兩個防送公人已了。林沖執手對丈人説道：『泰山在上，年灾月厄，撞了高衙内，吃了一場屈官司。今日有句話説，上禀泰山。自蒙泰山錯愛，將令愛嫁事小人，已經三載，不曾有半些兒差池。雖不曾生半個兒女，未曾面紅面赤，半點相争。今小人遭這場横事，配去滄州，生死存亡未保。娘子在家，小人心去不穩，誠恐高衙内威逼這頭親事。况兼青春年少，休爲林沖誤了前程。却是林沖自行主張，非他人逼迫，小人今日就高鄰在此，明白立紙休書，任從改嫁，并無爭執。如此，林沖去的心穩，免得高衙内陷害。』

張教頭道：『賢婿，什麼言語！你是天年不齊，遭了橫事，又不是你作將出來的。今日權且去滄州躲災避難，早晚天可憐見，放你回來時，依舊夫妻完聚。老漢家中也頗有些過活，明日便取了我女家去，并錦兒，不揀怎的，三年五載，養贍得他。又不叫他出入，高衙内便要見也不能夠。休要憂心，都在老漢身上。你在滄州牢城，我自頻頻寄書并衣服與你。休得要胡思亂想，衹顧放心去。』林沖道：『感謝泰山厚意，衹是林沖放心不下，枉自兩相耽誤。泰山可憐見林沖，依允小人，便死也瞑目。』張教頭那裏肯應承，衆鄰居亦説行不得。林沖道：『若不依允小人之時，林沖便掙扎得回來，誓不與娘子相聚。』張教頭道：『既然如此行時，權且由你寫下，我衹不把女兒嫁人便了。』當時叫酒保尋個寫文書的人來，買了一張紙來。那人寫，林沖説，道是：

『東京八十萬禁軍教頭林沖，爲因身犯重罪，斷配滄州，去後存亡不保。有妻張氏年少，情願立此休書，任從改嫁，永無爭執。委是自行情願，并非相逼。恐後無憑，立此文約爲照。年月日。』

林沖當下看人寫了，借過筆來，去年月下押個花字，打個手模。正在閣裏寫了，欲付與泰山收時，衹見林沖的娘子號天哭地叫將來。女使錦兒抱着一包衣服，一路尋到酒店裏。林沖見了，起身接着道：『娘子，小人有句説話，已禀過泰山了。爲是林沖年灾月厄，遭這場屈事。今去滄州，生死不保，誠恐誤了娘子青春，今已寫下幾字在此。萬望娘子休等小人，有好頭腦，自行招嫁，莫爲林沖誤了賢妻。』那婦人聽罷，哭將起來，説道：『丈夫！我不曾有半些兒點污，如何把我休了？』林沖道：『娘子，我是好意。恐怕日後兩個相誤，賺了你。』張教頭便道：『我兒放心。雖是女婿恁的主張，我終不成下得將你來再嫁人。這事且由他放心去。他便不來時，我也安排你一世的終身盤費，衹教你守志便了。』那婦人聽得説，心中哽咽，又見了這封書，一時哭倒，聲絶在地。未知五臟如何，先見四肢不動。但見：

荆山玉損，可惜數十年結髮成親；寶鑒花殘，枉費九十日東君匹配。花容倒卧，有如西苑芍藥倚朱欄；檀口無言，一似南海觀音來入定。小園昨夜春風惡，吹折江梅就地橫。

林沖與泰山張教頭救得起來，半晌方才蘇醒，兀自哭不住。林沖把休書與教頭收了。衆鄰居亦有婦人來勸林沖娘子，攙扶回去。張教頭囑咐林沖道：『你顧前程去，掙扎回來厮見。你的老小，我明日便取回去養在家裏，待你回來完聚。你但放心去，不要挂念。如有便人，千萬頻頻寄些書信來。』林沖起身謝了，拜辭泰山并衆鄰舍，背了包裹，隨着公人去了。張教頭同鄰舍取路回家，不在話下。

且説兩個防送公人把林沖帶來使臣房裏寄了監。董超、薛霸各自回家，收拾行李。衹説董超正在家裏拴束包裹，衹見巷口酒店裏酒保來説道：『董端公，一位官人在小人店裏請説話。』董超道：『是誰？』酒保道：『小人不認的，衹叫請端公便來。』原來宋時的公人都稱呼『端公』。當時董超便和酒保徑到店中閣兒内看時，見坐着一個人，頭戴頂萬字頭巾，身穿領皂紗背子，下面皂靴净襪。見了董超，慌忙作揖道：『端公請坐。』董超道：『小人自來不曾拜識尊顔，不知呼喚有何使令？』那人道：『請坐，少間便知。』董超坐在對席。酒保一面鋪下酒盞菜蔬果品案酒，都搬來擺了一桌。那人問道：『薛端公在何處住？』董超道：『衹在前邊巷内。』那人喚酒保問了底脚，『與我去請將來。』酒保去了一盞茶時，衹見請得薛霸到閣兒裏。董超道：『這位官人請俺説話。』薛霸道：『不敢動問大人高姓？』那人又道：『少刻便知，且請飲酒。』

三人坐定，一面酒保篩酒。酒至數杯，那人去袖子裏取出十兩金子，放在桌上，説道：『二位端公各收五兩，有些小事煩及。』二人道：『小人素不認得尊官，何故與我金子？』那人道：『二位莫不投滄州去？』董超道：『小人兩個奉本府差遣，監押林沖直到那裏。』那人道：『既是如此，相煩二位。我是高太尉府心腹人陸虞候便是。』董超、薛霸喏喏連聲，說道：『小人何等樣人，敢共對席。』陸謙道：『你二位也知林沖和太尉是對頭。今奉着太尉鈞旨，教將這十兩金子送與二位。望你兩個領諾。不必遠去，衹就前面僻静去處把林沖結果了，就彼處討紙回狀回來便了。若開封府但有話說，太尉自行分付，并不妨事。』董超道：『却怕使不的。開封府公文衹叫解活的去，却不曾教結果了他。亦且本人年紀又不高大，如何作的這緣故？倘有些兜答，恐不方便。』薛霸道：『董超，你聽我說。高太尉便叫你我死，也衹得依他，莫說使這官人又送金子與俺。你不要多說，和你分了罷，落得做人情，日後也有照顧俺處。前頭有的是大松林猛惡去處，不揀怎的與他結果了罷。』當下薛霸收了金子，說道：『官人放心。多是五站路，少衹兩程，便有分曉。』陸謙大喜道：『還是薛端公真是爽利，明日到地了時，是必揭取林沖臉上金印回來做表證。陸謙再包辦二位十兩金子相謝。專等好音，切不可相誤。』原來宋時，但是犯人徒流遷徙的，都臉上刺字，怕人恨怪，衹喚做『打金印』。三個人又吃了一會酒，陸虞候算了酒錢。三人出酒肆來，各自分手。

衹説董超、薛霸將金子分受入己，送回家中，取了行李包裹，拿了水火棍，便來使臣房裏取了林沖，監押上路。當日出得城來，離城三十里多路歇了。宋時途路上客店人家，但是公人監押囚人來歇，不要房錢。當下董、薛二人帶林沖到客店裏，歇了一夜。第二日天明起來，打火吃了飲食，投滄州路上來。時遇六月天氣，炎暑正熱。林沖初吃棒時，倒也無事，次後三兩日間，天道盛熱，棒瘡却發。又是個新吃棒的人，路上一步挨一步，走不動。董超道：『你好不曉事！此去滄州二千里有餘的路，你這樣般走，幾時得到。』林沖道：『小人在太尉府裏折了些便宜，前日方才吃棒，棒瘡舉發。這般炎熱，上下衹得擔待一步。』薛霸道：『你自慢慢的走，休聽咭聒。』董超一路上喃喃咄咄的，口裏埋冤叫苦，說道：『却是老爺們晦氣，撞着你這個魔頭。』看看天色又晚，但見：

火輪低墜，玉鏡將明。遥觀樵子歸來，近睹柴門半掩。僧投古寺，疏林穰穰鴉飛；客奔孤村，斷岸嗷嗷犬吠。佳人秉燭歸房，漁父收綸罷釣。唧唧亂蛩鳴腐草，紛紛宿鷺下莎汀。

當晚三個人投村中客店裏來。到得房内，兩個公人放了棍棒，解下包裹。林沖也把包來解了，不等公人開口，去包裹取些碎銀兩，央店小二買些酒肉，糴些米來，安排盤饌，請兩個防送公人坐了吃。董超、薛霸又添酒來，把林沖灌的醉了，和枷倒在一邊。薛霸去燒一鍋百沸滚湯，提將來傾在脚盆内，叫道：『林教頭，你也洗了脚好睡。』林沖挣的起來，被枷礙了，曲身不得。薛霸便道：『我替你洗。』林沖忙道：『使不得！』薛霸道：『出路人那裏計較的許多。』林沖不知是計，衹顧伸下脚來，被薛霸衹一按，按在滚湯裏。林沖叫一聲：『哎也！』急縮得起時，泡得脚面紅腫了。林沖道：『不消生受。』薛霸道：『衹見罪人伏侍公人，那曾有公人伏侍罪人。好意叫他洗脚，顛倒嫌冷嫌熱，却不是好心不得好報。』口裏喃喃的駡了半夜。林沖那裏敢回話，自去倒在一邊。他兩個潑了這水，自换些水去外邊洗了脚收拾。

睡到四更，同店人都未起，薛霸起來燒了面湯，安排打火做飯吃。林沖起來，暈了，吃不得，又走不動。薛霸拿了水火棍，催促動身。董超去腰裏解下一雙新草鞋，耳朵并索兒却是麻編的，叫林沖穿。林沖看時，脚上滿面都是潦漿泡，衹得尋覓舊草鞋穿，那裏去討，没奈何，衹得把新鞋穿上。叫店小二算過酒錢。兩個公人帶了林沖出店，却是五更天氣。林沖走不到三二里，脚上泡被新草鞋打破了，鮮血淋漓，正走不動，聲喚不止。薛霸駡道：『走便快走，不走便大棍搠將起來。』林沖道：『上下方便，小人豈敢怠慢，俄延程途，其實是脚疼走不動。』董超道：『我扶着你走便了。』攙着林沖，又行不動，衹得又挨了四五里路。看看正走不動了，早望見前面烟籠霧鎖，一座猛惡林子。但見：

層層如雨脚，鬱鬱似雲頭。杈枒如鸞鳳之巢，屈曲似龍蛇之勢。根盤地角，彎環有似蟒盤旋；影拂烟霄，高聳直教禽打捉。直饒膽硬心剛漢，也作魂飛魄散人。

這座猛惡林子，有名唤做『野猪林』，此是東京去滄州路上第一個險峻去處。宋時，這座林子内，但有些冤仇的，使用些錢與公人，帶到這裏，不知結果了多少好漢在此處。今日，這兩個公人帶林沖奔入這林子裏來。董超道：『走了一五更，走不得十里路程，似此滄州怎的得到。』薛霸道：『我也走不得了，且就林子裏歇一歇。』

三個人奔到裏面，解下行李包裹，都搬在樹根頭。林沖叫聲：『呵也！』靠着一株大樹便倒了。祇見董超說道：『行一步，等一步，倒走得我困倦起來。且睡一睡却行。』放下水火棍，便倒在樹邊，略略閉得眼，從地下叫將起來。林沖道：『上下做什麼？』董超、薛霸道：『俺兩個正要睡一睡，這裏又無關鎖，祇怕你走了。我們放心不下，以此睡不穩。』林沖答道：『小人是個好漢，官司既已吃了，一世也不走。』董超道：『那裏信得你說。要我們心穩，須得縛一縛。』林沖道：『上下要縛便縛，小人敢道怎地。』薛霸腰裏解下索子來，把林沖連手帶脚和枷緊緊的綁在樹上。兩個跳將起來，轉過身來，拿起水火棍，看着林沖，說道：『不是俺要結果你，自是前日來時，有那陸虞候傳着高太尉鈞旨，教我兩個到這裏結果你，立等金印回去回話。便多走的幾日，也是死數。祇今日就這裏，倒作成我兩個回去快些。休得要怨我弟兄兩個，祇是上司差遣，不由自己。你須精細着，明年今日是你周年。我等已限定日期，亦要早回話。』林沖見說，泪如雨下，便道：『上下！我與你二位，往日無仇，近日無冤。你二位如何救得小人，生死不忘。』董超道：『説什麼閑話！救你不得。』薛霸便提起水火棍來，望着林沖腦袋上劈將來。可憐豪杰，等閑來赴鬼門關；惜哉英雄，到此翻爲槐國夢。萬里黄泉無旅店，三魂今夜落誰家？

畢竟看林沖性命如何，且聽下回分解。

第九回　柴進門招天下客　林沖棒打洪教頭

今夫文章之爲物也，豈不异哉！如在天而爲雲霞，何其起于膚寸，漸舒漸卷，倏忽萬變，爛然爲章也。在地而爲山川，何其迤邐而入，千轉百合，爭流競秀，窅冥無際也。在草木而爲花蕚，何其依枝安葉，依葉安蒂，依蒂安英，依英安瓣，依瓣安須，真有如神鏤鬼簇、香團玉削也。在鳥獸而爲翠尾，何其青漸入碧，碧漸入紫，紫漸入金，金漸入緑，緑漸入黑，黑又入青，内視之而成彩，外望之而成耀，不可一端指也。凡如此者，豈其必有不得不然者乎？夫使雲霞不必舒卷，而慘若烽烟，亦何怪于天；山川不必窅冥，而止有坑阜，亦何怪于地；花蕚不必分英布瓣而醜如榾柮，翠尾不必金碧間雜而塊然木鳶，亦何怪于草木鳥獸。然而終亦必然者，蓋必有不得不然者也。至于文章，而何獨不然也乎？自世之鄙儒，不惜筆墨，于是到處塗抹，自命作者，乃吾視其所爲，實則曾無异乎所謂烽烟、坑阜、榾柮、木鳶也者。嗚呼！其亦未嘗得見我施耐庵之《水滸傳》也。

吾之爲此言者，何也？即如松林棍起，智深來救，大師此來，從天而降固也，乃今觀其叙述之法，又何其詭譎變幻，一至于是乎！第一段先飛出禪杖，第二段方跳出胖大和尚，第三段再詳其皂布直裰與禪杖戒刀，第四段始知其爲智深。若以《公》《谷》《大戴》體釋之，則曰：先言禪杖而後言和尚者，并未見有和尚，突然水火棍被物隔去，則一條禪杖早飛到面前也；先言胖大而後言皂布直裰者，驚心駭目之中，但見其爲胖大，未及詳其脚色也；先寫裝束而後出姓名者，公人驚駭稍定，見其如此打扮，却不認爲何人，而又不敢問也。蓋如是手筆，實惟史遷有之，而《水滸傳》乃獨與之并驅也。

又如前回叙林沖時，筆墨忙極，不得不將智深一邊暫時閣起，此行文之家要圖手法乾净，萬不得已而出于此也。今入此回，却忽然就智深口中一一追補叙還，而又不肯一直叙去，又必重將林沖一邊逐段穿插相對而出，不惟使智深一邊不曾漏落，又反使林沖一邊再加渲染，離離奇奇，錯錯落落，真似山雨欲來風滿樓也。

又如公人心怒智深，不得不問，才問，却被智深兜頭一喝，讀者亦謂終亦不復知是某甲矣，乃遥遥直至智深拖却禪杖去後，林沖無端詩拔楊柳，遂答還董超、薛霸最先一問。疑其必說，則忽然不說；疑不復說，則忽然却說。譬如空中之龍，東雲見鱗，西雲露爪，真極奇極恣之筆也。

又如洪教頭要使棒，反是柴大官人說且吃酒，此一頓已是令人心癢之極。乃武師又于四五合時跳出圈子，忽然叫住，曰除枷也。乃柴進又于重提棒時，又忽然叫住。凡作三番跌頓，直使讀者眼光一閃一閃，真極奇極恣之筆也。

又如洪教頭入來時，一筆要寫洪教頭，一筆又要寫林武師，一筆又要寫柴大官人，可謂極忙極雜矣。乃今偏于極忙極雜中間，又要時時擠出兩個公人，心閑手敏，遂與史遷無二也。

又如寫差撥陡然變臉數語，後接手便寫陡然翻出笑來數語，參差歷落，自成諧笑，此所謂文章波瀾，亦有以近爲貴者也。若夫文章又有以遠爲貴也者，則如來時飛杖而來，去時拖杖而去，其波瀾乃在一篇之首與尾。林沖來時，柴進打獵歸來，林沖去時，柴進打獵出去，則其波瀾乃在一傳之首與尾矣。此又不可不知也。凡如此者，皆所謂在天爲雲霞，在地爲山川，在草木爲花萼，在鳥獸爲翚尾，而《水滸傳》必不可以不看者也。

此一回中又于正文之外，旁作餘文，則于銀子三致意焉。如陸虞候送公人十兩金子，又許幹事回來，再包送十兩，一可嘆也。夫陸虞候何人，便包得十兩金子？且十兩金子何足論，而必用一人包之也？智深之救而護而送到底也，公人叫苦不迭，曰却不是壞我勾當，二可嘆也。夫現十兩賒十兩便算一場勾當，而林沖性命曾不足顧也。又二人之暗自商量也，曰『捨着還了他十兩金子』，三可嘆也。四人在店，而兩人暗商，其心頭口頭，十兩外無別事也。訪柴進而不在也，其莊客亦更無別語相惜，但云你没福，若是在家，有酒食錢財與你，四可嘆也。酒食錢財，小人何至便以爲福也？洪教頭之忌武師也，曰『誘些酒食錢米』，五可嘆也。夫小人之污蔑君子，亦更不于此物外也。武師要開枷，柴進送銀十兩，公人忙開不迭，六可嘆也。銀之所在，朝廷法網亦惟所命也。洪教頭之敗也，大官

人實以二十五兩亂之，七可嘆也。銀之所在，名譽、身分都不復惜也。柴、林之握別也，又捧出二十五兩一錠大銀，八可嘆也。雖聖賢豪杰，心事如青天白日，亦必以此將其愛敬，設若無之，便若冷淡之甚也。兩個公人亦賫發五兩，則出門時，林武師謝，兩公人亦謝，九可嘆也。有是物即陌路皆親，豺狼亦顧，分外熱鬧也。差撥之見也，所爭五兩耳，而當其未送，則滿面皆是餓紋，及其既送，則滿面應做大官，十可嘆也。千古人倫，甄別之際，或月而易，或旦而易，大約以此也。武師以十兩送管營，差撥又落了五兩，止送五兩，十一可嘆也。本官之與長隨可謂親矣，而必染指焉，諺云『掏虱偷脚』，比比然也。林沖要一發周旋開除鐵枷，又取三二兩銀子，十二可嘆也。但有是物，即無事不可周旋，無人不願效力也。滿營囚徒，亦得林沖救濟，十三可嘆也。祇是金多分人，而讀者至此遂感林沖恩義，口口傳爲美談，信乎名以銀成，無別法也。嗟乎！士而貧尚不閉門學道，而尚欲游于世間，多見其爲不知時務耳，豈不大哀也哉！

話說當時薛霸雙手舉起棍來，望林沖腦袋上便劈下來。說時遲，那時快，薛霸的棍恰舉起來，祇見松樹背後雷鳴也似一聲，那條鐵禪杖飛將來，把這水火棍一隔，丢去九霄雲外。跳出一個胖大和尚來，喝道：『灑家在林子裏聽你多時！』

兩個公人看那和尚時，穿一領皂布直裰，跨一口戒刀，提起禪杖，輪起來打兩個公人。林沖方才閃開眼看時，認得是魯智深。林沖連忙叫道：『師兄，不可下手！我有話說。』智深聽得，收住禪杖。兩個公人呆了半晌，動彈不得。林沖道：『非干他兩個事，盡是高太尉使陸虞候分付他兩個公人，要害我性命。他兩個怎不依他。你若打殺他兩個，也是冤屈。』

魯智深扯出戒刀，把索子都割斷了，便扶起林沖，叫：『兄弟，俺自從和你買刀那日相别之後，灑家憂得你苦。自從你受官司，俺又無處去救你。打聽的你斷配滄州，灑家在開封府前又尋不見，却聽得人說監在使臣房內。又

見酒保來請兩個公人，說道：『店裏一位官人尋說話。』以此灑家疑心，放你不下，恐這廝們路上害你，俺特地跟將來。見這兩個撮鳥帶你入店裏去，灑家也在那店裏歇。夜間聽得那廝兩個做神做鬼，把滚湯賺了你脚。那時俺便要殺這兩個撮鳥，却被客店裏人多，恐妨救了。灑家見這廝們不懷好心，越放你不下。你五更裏出門時，灑家先投奔這林子裏來等殺這廝兩個撮鳥。他倒來這裏害你，正好殺這廝兩個。』林沖勸道：『既然師兄救了我，你休害他兩個性命。』魯智深喝道：『你這兩個撮鳥，灑家不看兄弟面時，把你這兩個都剁做肉醬！且看兄弟面皮，饒你兩個性命。』就那裏插了戒刀，喝道：『你這兩個撮鳥，快攙兄弟，都跟灑家來！』提了禪杖先走。兩個公人那裏敢回話，祇叫：『林教頭救俺兩個！』依前背上包裹，提了水火棍，扶着林沖，又替他拕了包裹，一同跟出林子來。行得三四里路程，見一座小小酒店在村口。四個人入來坐下。看那店時，但見：

前臨驛站，後接溪村。數株槐柳綠陰濃，幾處葵榴紅影亂。門外森森麻麥，窗前猗猗荷花。輕輕酒旆舞熏風，短短蘆簾遮酷日。壁邊瓦瓮，白泠泠滿貯村醪；架上磁瓶，香噴噴新開社醞。白髮田翁親滌器，紅顏村女笑當壚。

當下深、衝、超、霸四人在村酒店中坐下，喚酒保買五七斤肉，打兩角酒來吃，回些面來打餅。酒保一面整治，把酒來篩。兩個公人道：『不敢拜問師父，在那個寺裏住持？』智深笑道：『你兩個撮鳥，問俺住處做什麼？莫不去教高俅做什麼奈何灑家？別人怕他，俺不怕他。灑家若撞着那廝，教他吃三百禪杖。』兩個公人那裏敢再開口，吃了些酒肉，收拾了行李，還了酒錢，出離了村店。林沖問道：『師兄，今投那裏去？』魯智深道：『殺人須見血，救人須救徹。灑家放你不下，直送兄弟到滄州。』兩個公人聽了道：『苦也！却是壞了我們的勾當，轉去時怎回話！』且祇得隨順他，一處行路。

自此途中被魯智深要行便行，要歇便歇，那裏敢扭他。好便罵，不好便打。兩個公人不敢高聲，更怕和尚發作。行了兩程，討了一輛車子，林沖上車將息，三個跟着車子行着。兩個公人懷着鬼胎，各自要保性命，祇是小心隨順着行。魯智深一路買酒買肉將息林沖，那兩個公人也吃。遇着客店，早歇晚行，都是那兩個公人打火做飯，誰敢不依他。二人暗商量：『我們被這和尚監押定了，明日回去，高太尉必然奈何俺。』薛霸道：『我聽得大相國寺菜園廨宇裏新來了一個僧人，喚做魯智深，想來必是他。回去實說，俺要在野猪林結果他，被這和尚救了，一路護送到滄州，因此下手不得。捨着還了他十兩金子，着陸謙自去尋這和尚便了。我和你祇要躲得身上乾净。』董超道：『也說的是。』兩個暗商量了不題。

話休絮煩。被智深監押不離，行了十七八日，近滄州祇有七十來里路程，一路去都有人家，再無僻静處了。魯智深打聽得實了，就松林裏少歇。智深對林沖道：『兄弟，此去滄州不遠了，前路都有人家，別無僻静去處。灑家已打聽實了。俺如今和你分手，异日再得相見。』林沖道：『師兄回去，泰山處可說知。防護之恩，不死當以厚報。』魯智深又取出一二十兩銀子與林沖，把三二兩與兩個公人道：『你兩個撮鳥，本是路上砍了你兩個頭，兄弟面上饒你兩個鳥命。如今没多路了，休生歹心。』兩個道：『再怎敢，皆是太尉差遣。』接了銀子，却待分手。魯智深看着兩個公人道：『你兩個撮鳥的頭，硬似這松樹麽？』二人答道：『小人頭是父母皮肉包着些骨頭。』智深輪起禪杖，把松樹祇一下，打的樹有二寸深痕，齊齊折了。喝一聲道：『你兩個撮鳥，但有歹心，教你頭也似這樹一般。』擺着手，拖了禪杖，叫聲：『兄弟保重！』自回去了。董超、薛霸都吐出舌頭來，半晌縮不入去。林沖道：『上下，俺們自去罷。』兩個公人道：『好個莽和尚，一下打折了一株樹！』林沖道：『這個直得什麽，相國寺一株柳樹，連根也拔將起來。』二人祇把頭來搖，方才得知是實。

三人當下離了松林，行到晌午，早望見官道上一座酒店。但見：

古道孤村，路傍酒店。楊柳岸曉垂錦旆，杏花村風拂青簾。劉伶仰臥畫床前，李白醉眠描壁上。聞香駐馬，果然隔壁醉三家；知味停舟，真乃透瓶香十里。社醞壯農夫之膽，村醪助野叟之容。神仙玉佩曾留下，卿相金貂也當來。

三個人入酒店裏來，林沖讓兩個公人上首座了。董、薛二人半日方才得自在。那酒店裏滿厨桌酒肉，店裏有三五個篩酒的酒保，都手忙脚亂，搬東搬西。林沖與兩個公人坐了半個時辰，酒保并不來問。林沖等得不耐煩，把桌子敲着説道：『你這店主人好欺客，見我是個犯人，便不來睬着。我須不白吃你的。是甚道理？』主人説道：『你這人原來不知我的好意。』林沖道：『不賣酒肉與我，有甚好意？』店主人道：『你不知，俺這村中有個大財主，姓柴名進，此間稱爲柴大官人，江湖上都唤做小旋風。他是大周柴世宗嫡派子孫，自陳橋讓位，太祖武德皇帝敕賜與他誓書鐵券在家中，誰敢欺負他。專一招接天下往來的好漢，三五十個養在家中。常常囑付我們：「酒店裏如有流配來的犯人，可叫他投我莊上來，我自資助他。」我如今賣酒肉與你，吃得面皮紅了，他道你自有盤纏，便不助你。我是好意。』林沖聽了，對兩個公人道：『我在東京教軍時，常常聽得軍中人傳説柴大官人名字，却原來在這裏。我們何不同去投奔他？』董超、薛霸尋思道：『既然如此，有甚虧了我們處。』就便收拾包裹，和林沖問道：『酒店主人，柴大官人莊在何處？我等正要尋他。』店主人道：『衹在前面，約過三二裏路，大石橋邊，轉灣抹角那個大莊院便是。』

林沖等謝了店主人，三個出門，果然三二裏見座大石橋。過得橋來，一條平坦大路，早望見緑柳陰中，顯出那座莊院。四下一周遭一條闊河，兩岸邊都是垂楊大樹，樹陰中一遭粉墻。轉灣來到莊前看時，好個大莊院。但見：

門迎黄道，山接青龍。萬株桃綻武陵溪，千樹花開金谷苑。聚賢堂上，四時有不謝奇花；百卉廳前，八節賽長春佳景。堂懸敕額金牌，家有誓書鐵券。朱甍碧瓦，掩映着九級高堂；畫棟雕梁，真乃是三微精舍。仗義疏財欺卓茂，招賢納士勝田文。

三個人來到莊上，見那條闊板橋上坐着四五個莊客，都在那裏乘凉。三個人來到橋邊，與莊客施禮罷，林沖

説道：『相煩大哥報與大官人知道，京師有個犯人送配牢城姓林的求見。』莊客齊道：『你没福，若是大官人在家時，有酒食錢財與你，今早出獵去了。』林沖道：『不知幾時回來？』莊客道：『説不定，敢怕投東莊去歇也不見得。許你不得。』林沖道：『如此是我没福，不得相遇。我們去罷。』别了衆莊客，和兩個公人再回舊路，肚裏好生愁悶。行了半里多路，衹見遠遠的從林子深處一簇人馬來。但見：

人人俊麗，個個英雄。數十匹駿馬嘶風，兩三面綉旗弄日。粉青氈笠，似倒翻荷葉高擎；絳色紅纓，如爛熳蓮花亂插。飛魚袋内，高插着描金雀畫細輕弓；獅子壺中，整攢着點翠雕翎端正箭。牽幾隻趕獐細犬，擎數對拿兔蒼鷹。穿雲俊鶻頓絨縧，脱帽錦雕尋護指。摽槍風利，就鞍邊微露寒光；畫鼓團圞，向鞍上時聞響震。轡邊拴系，都緣是天外飛禽；馬上擎抬，莫不是山中走獸。好似晋王臨紫塞，渾如漢武到長楊。

那簇人馬飛奔莊上來，中間捧着一位官人，騎一匹雪白卷毛馬。馬上那人，生得龍眉鳳目，皓齒朱唇，三牙掩口髭鬚，三十四五年紀。頭戴一頂皂紗轉角簇花巾，身穿一領紫綉團龍雲肩袍，腰系一條玲瓏嵌寶玉縧環，足穿一雙金綫抹緑皂朝靴，帶一張弓，插一壺箭，引領從人，都到莊上來。林沖看了，尋思道：『敢是柴大官人麽？』又不敢問他，衹自肚裏躊躇。衹見那馬上年少的官人縱馬前來，問道：『這位帶枷的是甚人？』林沖慌忙躬身答道：『小人是東京禁軍教頭姓林名衝，爲因惡了高太尉，尋事發下開封府問罪，斷遣刺配此滄州。聞得前面酒店裏説，這裏有個招賢納士好漢柴大官人，因此特來相投。不遇官人，當以實訴。』那官人滚鞍下馬，飛近前來，説道：『柴進有失迎迓。』就草地上便拜。林沖連忙答禮。那官人携住林沖的手，同行到莊上來。那莊客們看見，大開了莊門。柴進直請到廳前，兩個叙禮罷。柴進説道：『小可久聞教頭大名，不期今日來踏賤地，足稱平生渴仰之願。』林沖答道：『微賤林沖，聞大人貴名傳播海宇，誰人不敬。不想今日因得罪犯，流配來此，得識尊顔，宿生萬幸！』柴進再三謙讓，林沖坐了客席，董超、薛霸也一帶坐了。跟柴進的伴當各自牽了馬去，後院歇息，不在話下。

柴進便喚莊客，叫將酒來。不移時，祇見數個莊客托出一盤肉，一盤餅，温一壺酒；又一個盤子，托出一斗白米，米上放着十貫錢，都一發將出來。柴進見了道：『村夫不知高下，教頭到此，如何恁地輕意！快將進去，先把果盒酒來，隨即殺羊，然後相待。快去整治！』林沖起身謝道：『大官人不必多賜，祇此十分夠了，感謝不當。』柴進道：『休如此説。難得教頭到此，豈可輕慢。』莊客不敢違命，先捧出果盒酒來。柴進起身，一面手執三杯。林沖謝了柴進，飲酒罷，兩個公人一同飲了。柴進道：『教頭請裏面少坐。』柴進隨即解了弓袋、箭壺，就請兩個公人一同飲酒。

柴進當下坐了主席，林沖坐了客席，兩個公人在林沖肩下，叙説些閑話，江湖上的勾當，不覺紅日西沉，安排得酒食果品海味，擺在桌上，抬在各人面前。柴進親自舉杯，把了三巡，坐下叫道：『且將湯來吃。』吃得一道湯，五七杯酒，祇見莊客來報道：『教師來也。』柴進道：『就請來一處坐地相會亦可。快抬一張桌來。』林沖起身看時，祇見那個教師入來，歪戴着一頂頭巾，挺着脯子，來到後堂。林沖尋思道：『莊客稱他做教師，必是大官人的師父。』急急躬身唱喏道：『林沖謹參。』那人全不睬着，也不還禮。林沖不敢抬頭。柴進指着林沖對洪教頭道：『這位便是東京八十萬禁軍槍棒教頭，林武師林沖的便是。就請相見。』林沖聽了，看着洪教頭便拜。那洪教頭説道：『休拜，起來。』却不躬身答禮。柴進看了，心中好不快意。林沖拜了兩拜，起身讓洪教頭坐。洪教頭亦不相讓，便去上首便坐。柴進看了，又不喜歡。林沖祇得肩下坐了，兩個公人亦各坐了。

洪教頭便問道：『大官人，今日何故厚禮管待配軍？』柴進道：『這位非比其他的，乃是八十萬禁軍教頭，師父如何輕慢。』洪教頭道：『大官人祇因好習槍棒上頭，往往流配軍人都來倚草附木，皆道我是槍棒教師，來投莊上，誘些酒食錢米。大官人如何忒認真。』林沖聽了，并不做聲。柴進説道：『凡人不可易相，休小覷他。』洪教頭怪這柴進説『休小覷他』，便跳起身來道：『我不信他。他敢和我使一棒看，我便道他是真教頭。』柴進大笑

道：『也好，也好。林武師你心下如何？』林沖道：『小人却是不敢。』洪教頭心中忖量道：『那人必是不會，心中先怯了。』因此越來惹林沖使棒。柴進一來要看林沖本事，二者要林沖贏他，滅那厮嘴。柴進道：『且把酒來吃着，待月上來也罷。』

當下又吃過了五七杯酒，却早月上來了，照見廳堂裏面如同白日。柴進起身道：『二位教頭較量一棒。』林沖自肚裏尋思道：『這洪教頭必是柴大官人師父，不爭我一棒打翻了他，須不好看。』柴進見林沖躊躇，便道：『此位洪教頭也到此不多時，此間又無對手。林武師休得要推辭，小可也正要看二位教頭的本事。』柴進説這話，原來祇怕林沖礙柴進的面皮，不肯使出本事來。林沖見柴進説開就裏，方才放心。祇見洪教頭先起身道：『來，來，來！和你使一棒看。』一齊都哄出堂後空地上。莊客拿一束杆棒來，放在地下。洪教頭先脱了衣裳，拽扎起裙子，掣條棒，使個旗鼓，喝道：『來，來，來！』柴進道：『林武師，請較量一棒。』林沖道：『大官人休要笑話。』就地也拿了一條棒起來道：『師父請教。』洪教頭看了，恨不得一口水吞了他。林沖拿着棒，使出山東大擂，打將入來。洪教頭把棒就地下鞭了一棒，來搶林沖。兩個教頭就在明月地上交手，真個好看。怎見是山東大擂？但見：

山東大擂，河北夾槍。大擂棒是鰍魚穴內噴來，夾槍棒是巨蟒窠中拔出。大擂棒似連根拔怪樹，夾槍棒如遍地卷枯藤。兩條海內搶珠龍，一對岩前爭食虎。

兩個教頭在明月地上交手，使了四五合棒，祇見林沖托地跳出圈子外來，叫一聲：『少歇！』柴進道：『教頭如何不使本事？』林沖道：『小人輸了。』柴進道：『未見二位較量，怎便是輸了？』林沖道：『小人祇多這具枷，因此權當輸了。』柴進道：『是小可一時失了計較。』大笑着道：『這個容易。』便叫莊客取十兩銀來，當時將至。柴進對押解兩個公人道：『小可大膽，相煩二位下顧，權把林教頭枷開了。明日牢城營内但有事務，都在小可身上。白銀十兩相送。』董超、薛霸見了柴進人物軒昂，不敢違他，落得做人情，又得了十兩銀子，亦不怕他走了。薛霸

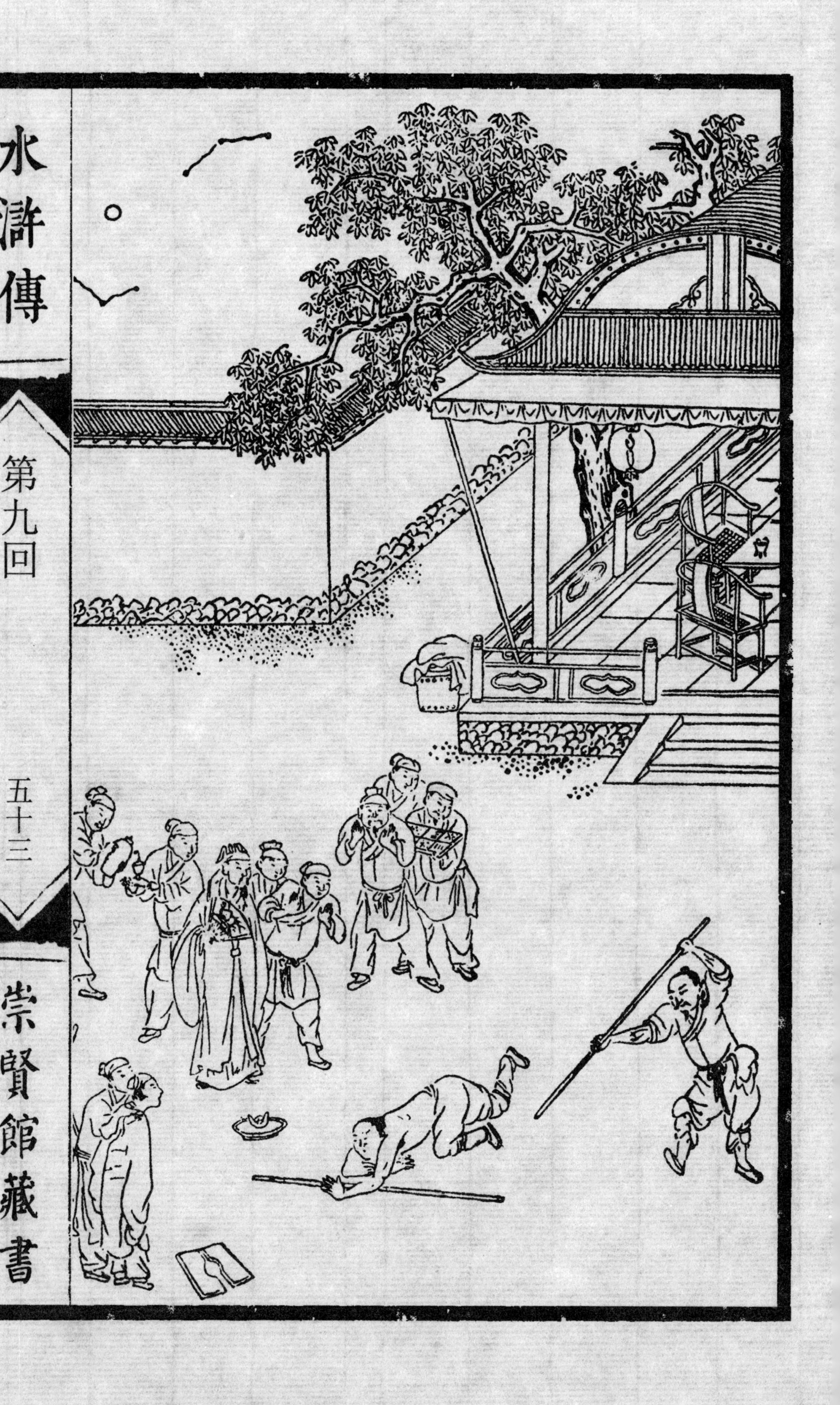

隨即把林沖護身枷開了。柴進大喜道：『今番兩位教師再試一棒。』

洪教頭見他却才棒法怯了，肚裏平欺他做，提起棒却待要使。柴進叫道：『且住。』叫莊客取出一錠銀來，重二十五兩，無一時至面前。柴進乃言：『二位教頭比試，非比其它，這錠銀子權爲利物。若是贏的，便將此銀子去。』柴進心中祇要林沖把出本事來，故意將銀子丢在地下。洪教頭深怪林沖來，又要争這個大銀子，又怕輸了鋭氣，把棒來盡心使個旗鼓，吐個門户，唤做把火燒天勢。林沖想道：『柴大官人心裏祇要我贏他。』也横着棒，使個門户，吐個勢，唤做撥草尋蛇勢。洪教頭喝一聲：『來，來，來！』便使棒蓋將入來。林沖望後一退，洪教頭趕入一步，提起棒又復一棒下來。林沖看他步已亂了，被林沖把棒從地下一跳，洪教頭措手不及，就那一跳裏和身一轉，那棒直掃着洪教頭臁兒骨上，撇了棒，撲地倒了。柴進大喜，叫快將酒來把盞。衆人一齊大笑。洪教頭那裏掙扎起來？衆莊客一頭笑着扶了。洪教頭羞顔滿面，自投莊外去了。柴進携住林沖的手，再入後堂飲酒，叫將利物來送還教師。林沖那裏肯受，推托不過，祇得收了。

柴進留林沖在莊上一連住了幾日，每日好酒好食管待。又住了五七日，兩個公人催促要行。柴進又置席面相待送行，又寫兩封書，分付林沖道：『滄州大尹也與柴進好，牢城管營、差撥亦與柴進交厚，可將這兩封書去下，必然看覷教頭。』再將二十五兩一錠大銀送與林沖，又將銀五兩賫發兩個公人。吃了一夜酒。次日天明，吃了早飯，叫莊客挑了三個的行李，林沖依舊帶上枷，辭了柴進便行。柴進送出莊門作別，分付道：『待幾日小可自使人送冬衣來與教頭。』林沖謝道：『如何報謝大官人。』兩個公人相謝了。

三人取路投滄州來，午牌時候，已到滄州城裏。雖是個小去處，亦有六街三市。徑到州衙裏下了公文，當廳引林沖參見了州官大尹。當下收了林沖，押了回文，一面帖下判送牢城營內來。兩個公人自領了回文，相辭了回東京去，不在話下。祇説林沖送到牢城營內來。看那牢城營時，但見：

門高墻壯，地闊池深。天王堂畔，兩行垂柳綠如烟；點視廳前，一簇喬松青潑黛。來往的，盡是咬釘嚼鐵漢；出入的，無非降龍縛虎人。

滄州牢城營内收管林沖，發在單身房裏，聽候點視。却有那一般的罪人，都來看覷他，對林沖説道：『此間管營、差撥十分害人，衹是要詐人錢物。若有人情錢物送與他時，便覷的你好。若是無錢，將你撇在土牢裏，求生不生，求死不死。若得了人情，入門便不打你一百殺威棒，衹説有病把來寄下。若不得人情時，這一百棒打得七死八活。』林沖道：『衆兄長如此指教，且如要使錢，把多少與他？』衆人道：『若要使得好時，管營把五兩銀子與他，差撥也得五兩銀子送他，十分好了。』

正説之間，衹見差撥過來，問道：『那個是新來配軍？』林沖見問，向前答應道：『小人便是。』那差撥不見他把錢出來，變了面皮，指着林沖駡道：『你這個賊配軍，見我如何不下拜，却來唱喏？你這厮可知在東京做出事來，見我還是大剌剌的。我看這賊配軍滿臉都是餓紋，一世也不發迹。打不死、拷不殺的頑囚，你這把賊骨頭好歹落在我手裏，教你粉骨碎身，少間叫你便見功效。』把林沖衹駡的『一佛出世』，那裏敢抬頭應答。衆人見駡，各自散了。

林沖等他發作過了，去取五兩銀子，陪着笑臉告道：『差撥哥哥，些小薄禮，休嫌小微。』差撥看了道：『你教我送與管營和俺的都在裏面？』林沖道：『衹是送與差撥哥哥的。另有十兩銀子，就煩差撥哥哥送與管營。』差撥見了，看着林沖笑道：『林教頭，我也聞你的好名字，端的是個好男子，想是高太尉陷害你了。雖然目下暫時受苦，久後必然發迹。據你的大名，這表人物，必不是等閑之人，久後必做大官。』林沖笑道：『皆賴差撥照顧。』差撥道：『你衹管放心。』又取出柴大官人的書禮，説道：『相煩老哥將這兩封書下一下。』差撥道：『既有柴大官人的書，煩惱做甚！這一封書值一錠金子。我一面與你下書，少間管營來點你，要打一百殺威棒時，你便衹説你一路患病未曾痊可。我自來與你支吾。要瞞生人的眼目。』林沖道：『多謝指教。』差撥拿了銀子并書，離了單身房自去了。林沖嘆口氣道：『有錢可以通神，此語不差。端的有這般的苦處。』

原來差撥落了五兩銀子，衹將五兩銀子并書來見管營，備説：『林沖是個好漢，柴大官人有書相薦在此呈上。本是高太尉陷害，配他到此，又無十分大事。』管營道：『況是柴大官人有書，必須要看顧他。』便教喚林沖來見。

且説林沖正在單身房裏悶坐，衹見牌頭叫道：『管營在廳上叫喚新到罪人林沖來點視。』林沖聽得呼喚，來到廳前。管營道：『你是新到犯人，太祖武德皇帝留下舊制，新入配軍，須吃一百殺威棒。左右，與我馱起來。』林沖告道：『小人于路感冒風寒，未曾痊可。告寄打。』差撥道：『這人現今有病，乞賜憐恕。』管營道：『果是這人癥候在身，權且寄下，待病痊可却打。』差撥道：『現今天王堂看守的，多時滿了，可叫林沖去替換他。』就廳上押了帖文，差撥領了林沖，單身房裏取了行李，來天王堂交替。差撥道：『林教頭，我十分周全你。教看天王堂時，這是營中第一樣省氣力的勾當，早晚衹燒香掃地便了。你看別的囚徒，從早起直做到晚，尚不饒他。還有一等無人情的，撥他在土牢裏，求生不生，求死不死。』林沖道：『謝得照顧。』又取三二兩銀子與差撥道：『煩望哥哥一發周全，開了項上枷亦好。』差撥接了銀子，便道：『都在我身上。』連忙去禀了管營，就將枷也開了。林沖自此在天王堂内安排宿食處，每日衹是燒香掃地，不覺光陰早過了四五十日。那管營、差撥得了賄賂，日久情熟，由他自在，亦不來拘管他。柴大官人又使人來送冬衣并人事與他。那滿營内囚徒，亦得林沖救濟。

話不絮煩。時遇冬將近，忽一日，林沖巳牌時分，偶出營前閑走。正行之間，衹聽得背後有人叫道：『林教頭，如何却在這裏？』林沖回頭過來看時，見了那人，有分教：林沖火烟堆裏，争些斷送了餘生；風雪途中，幾被傷殘性命。

畢竟林沖見了的是甚人，且聽下回分解。

第十回　林教頭風雪山神廟　陸虞候火燒草料場

夫文章之法，豈一端而已乎？有先事而起波者，有事過而作波者，讀者于此，則恶可混然以爲一事也。夫文自在此而眼光在後，則當知此文之起，自爲後文，非爲此文也；文自在後而眼光在前，則當知此文未盡，自爲前文，非爲此文也。必如此，而後讀者之胸中有針有綫，始信作者之腕下有經有緯。不然者，幾何其不見一事即以爲一事，又見一事即又以爲一事，于是遂取事前先起之波，與事後未盡之波，累累然與正叙之事，并列而成三事耶？

如酒生兒李小二夫妻，非真謂林沖于牢城營有此一個相識，與之往來火熱也，意自在閣子背後聽説話一段絶妙奇文，則不得不先作此一個地步，所謂先事而起波也。如莊家不肯回與酒吃，亦可别樣生發，却偏用花槍挑塊火柴，又把花槍爐裏一攪，何至拜揖之後向火多時，而花槍猶在手中耶？凡此，皆爲前文幾句花槍挑着葫蘆，逼出廟中挺槍殺出門來一句，其勁勢猶尚未盡，故又于此處再一點兩點，以殺其餘怒。故凡篇中如搠兩人後殺陸謙時，特地寫一句把槍插在雪地下，醉倒後莊家尋着踪迹趕來時，又特地寫一句花槍亦丢在半邊，皆所謂事過而作波者也。

陸謙、富安、管營、差撥四個人坐閣子中議事，不知所議何事，詳之則不可得詳，置之則不可得置。今但于小二夫妻眼中、耳中寫得『高太尉三字』句，『都在我身上』句，『一帕子物事，約莫是金銀』句，『换湯進去，看見管營手裏拿着一封書』句，忽斷忽續，忽明忽滅，如古錦之文不甚可指，斷碑之字不甚可讀，而深心好古之家自能于意外求而得之，真所謂鬼于文聖于文者也。

殺出廟門時，看他一槍先搠倒差撥，接手便寫陸謙一句。寫陸謙不曾寫完，接手却再搠富安。兩個倒矣，方翻身回來，刀剜陸謙，剜陸謙未畢，回頭却見差撥爬起，便又且置陸謙，先割差撥頭挑在槍上，然後回過身來，作一頓割陸謙富安頭，結做一處。以一個人殺三個人，凡三四個回身，有節次，有間架，有方法，有波折，不慌不忙，不疏不密，不缺不漏，不一片，不煩瑣，真鬼于文聖于文也。

舊人傳言：昔有畫北風圖者，盛暑張之，滿座都思挾纊，既又有畫雲漢圖者，祁寒對之，揮汗不止。于是千載嘖嘖，詫爲奇事。殊未知此特寒熱各作一幅，未爲神奇之至也。耐庵此篇獨能于一幅之中，寒熱間作，寫雪便其寒徹骨，寫火便其熱照面。昔百丈大師患瘧，僧衆請問：『伏惟和上尊候若何？』丈云：『寒時便寒殺闍黎，熱時便熱殺闍黎。』今讀此篇，亦復寒時寒殺讀者，熱時熱殺讀者，真是一卷『瘧疾文字』，爲藝林之絶奇也。

閣子背後聽四個人説話，聽得不仔細，正妙于聽得不仔細；山神廟裏聽三個人説話，聽得極仔細，又正妙于聽得極仔細。雖然，以閣子中間、山神廟前，兩番説話偏都兩番聽得，亦可以見冤家路窄矣！乃今愚人猶刺刺説人不休，則獨何哉？

此文通篇以火字發奇，乃又于大火之前，先寫許多火字，于大火之後，再寫許多火字。我讀之，因悟同是火也，而前乎陸謙，則有老軍借盆，恩情樸至，後乎陸謙，則有莊客借烘，又復恩情樸至，而中間一火，獨成大冤深禍，爲可駭嘆也。夫火何能作恩，火何能作怨，一加之以人事，而恩怨相去遂至于是！然則人行世上，觸手礙眼，皆屬禍機，亦復何樂乎哉！

文中寫情寫景處，都要細細詳察。如兩次照顧火盆，則明林沖非失火也；止拖一條絮被，則明林沖明日原要歸來，今止作一夜計也。如此等處甚多，我亦不能遍指。孔子曰：『舉一隅不以三隅反，則不復矣。』

話説當日林沖正閑走間，忽然背後人叫，回頭看時，却認得是酒生兒李小二。當初在東京時，多得林沖看顧。這李小二先前在東京時，不合偷了店主人家財，被捉住了，要送官司問罪。却得林沖主張陪話，救了他免送官司。又與他陪了些錢財，方得脱免。京中安不得身，又虧林沖賫發他盤纏，于路投奔人。不想今日却在這裏撞見。林沖道：『小二哥，你如何也在這裏？』李小二便拜道：『自從得恩人救濟，賫發小人，一地裏投奔人不着。迤邐不想來到滄州，投托一個酒店裏，姓王，留小人在店中做過賣。因見小人勤謹，安排的好菜蔬，調和的好汁水，來吃的人都喝采，以此買賣順當。主人家有個女兒，就招了小人做女婿。如今丈人丈母都死了，衹剩得小人夫妻兩個，權在營前開了個茶酒店。因討錢過來，遇見恩人。恩人不知爲何事在這裏？」林沖指着臉上道：『我因惡了高太尉，生事陷害，受了一場官司，刺配到這裏。如今叫我管天王堂，未知久後如何。不想今日到此遇見。」

李小二就請林沖到家裏面坐定，叫妻子出來拜了恩人。兩口兒歡喜道：『我夫婦二人，正没個親眷。今日得恩人到來，便是從天降下。」林沖道：『我是罪囚，恐怕玷辱你夫妻兩個。」李小二道：『誰不知恩人大名，休恁地說。但有衣服，便拿來家裏漿洗縫補。」當時管待林沖酒食，至晚送回天王堂。次日，又來相請。因此，林沖得李小二家來往，不時間送湯送水來營裏與林沖吃。林沖因見他兩口兒恭勤孝順，常把些銀兩與他做本錢。

且把閑話休題，衹說正話。迅速光陰，却早冬來。林沖的綿衣裙襖，都是李小二渾家整治縫補。忽一日，李小二正在門前安排菜蔬下飯，衹見一個人閃將進來，酒店裏坐下，隨後又一人閃入來。看時，前面那個人是軍官打扮，後面這個走卒模樣，跟着也來坐下。李小二入來問道：『可要吃酒？」衹見那個人將出一兩銀子與小二道：『且收放櫃上，取三四瓶好酒來。客到時，果品酒饌衹顧將來，不必要問。」李小二道：『官人請甚客？」那人道：『煩你與我去營裏請管營、差撥兩個來說話。問時，你衹說有個官人請說話，商議些事務，專等專等。」

李小二應承了，來到牢城裏，先請了差撥，同到管營家裏，請了管營，都到酒店裏。衹見那個官人和管營、差撥兩個講了禮。管營道：『素不相識，動問官人高姓大名？」那人道：『有書在此，少刻便知。且取酒來。」李小二連忙開了酒，一面鋪下菜蔬果品酒饌。那人叫討副勸盤來，把了盞，相讓坐了。小二獨自一個，攛梭也似伏侍不暇。那跟來的人討了湯桶，自行盪酒。約計吃過十數杯，再討了按酒，鋪放桌上。衹見那人說道：『我自有伴當盪酒，不叫你休來。我等自要說話。」

李小二應了，自來門首叫老婆道：『大姐，這兩個人來的不尷尬。」老婆道：『怎麽的不尷尬？」小二道：『這兩個人語言聲音，是東京人，初時又不認得管營，向後我將按酒入去，衹聽得差撥口裏訥出一句「高太尉」三個字來。這人莫不與林教頭身上有些干礙？我自在門前理會，你且去閣子背後，聽說什麽。」老婆道：『你去營中尋林教頭來，認他一認。」李小二道：『你不省得，林教頭是個性急的人，摸不着便要殺人放火。倘或叫的他來看了，正是前日說的什麽陸虞候，他肯便罷？做出事來，須連累了我和你。你衹去聽一聽，再理會。」老婆道：『說的是。」便入去聽了一個時辰，出來說道：『他那三四個交頭接耳說話，正不聽得說什麽。衹見那一個軍官模樣的人，去伴當懷裏取出一帕子物事，遞與管營和差撥。帕子裏面的莫不是金銀？衹聽差撥口裏說道：「都在我身上，好歹要結果了他性命。」」正說之間，閣子裏叫：『將湯來。」李小二急去裏面換湯時，看見管營手裏拿着一封書。小二換了湯，添些下飯。又吃了半個時辰，算還了酒錢，管營、差撥先去了。次後，那兩個低着頭也去了。

轉背没多時，衹見林沖走將入店裏來，說道：『小二哥，連日好買賣。」李小二慌忙道：『恩人請坐，小人却待正要尋恩人，有些要緊話說。」

當下林沖問道：『什麽要緊的事？」小二哥請林沖到裏面坐下，說道：『却才有個東京來的尷尬人，在我這裏請管營、差撥吃了半日酒。差撥口裏訥出高太尉三個字來，小人心下疑，又着渾家聽了一個時辰，他却交頭接耳說話，都不聽得。臨了，衹見差撥口裏應道：「都在我兩個身上，好歹要結果了他。」那兩個把一包金銀遞與管營、差撥，又吃一回酒，各自散了。不知什麽樣人。小人心下疑，衹怕恩人身上有些妨礙。」林沖道：『那人生得什麽模樣？」李小二道：『五短身材，白净面皮，没甚髭鬚，約有三十餘歲。那跟的也不長大，紫棠色面皮。」林沖聽了大驚道：『這三十歲的正是陸虞候。那潑賤賊也敢來這裏害我！休要撞着我，衹教他骨肉爲泥！」李小二道：『衹要提防他便了，豈不聞古人言：吃飯防噎，走路防跌。」

林沖大怒，離了李小二家，先去街上買把解腕尖刀，帶在身上，前街後巷一地裏去尋。李小二夫妻兩個，捏着兩把汗。當晚無事，次日天明起來，早洗漱罷，帶了刀又去滄州城裏城外，小街夾巷，團團尋了一日。牢城營裏都没動静。林沖又來對李小二道：『今日又無事。』小二道：『恩人，衹願如此。衹是自放仔細便了。』林沖自回天王堂，過了一夜。街上尋了三五日，不見消耗，林沖也自心下慢了。

到第六日，衹見管營叫喚林沖到點視廳上，説道：『你來這裏許多時，柴大官人面皮不曾抬舉得你。此間東門外十五里，有座大軍草料場，每月但是納草納料的，有些常例錢取覓。原是一個老軍看管。我如今抬舉你去替那老軍來守天王堂，你在那裏幾貫盤纏。你可和差撥便去那裏交割。』林沖應道：『小人便去。』當時離了營中，徑到李小二家，對他夫妻兩個説道：『今日管營撥我去大軍草場管事，却如何？』李小二道：『這個差使又好似天王堂。那裏收草料時，有些常例錢鈔。往常不使錢時，不能夠這差使。』林沖道：『却不害我，倒與我好差使，正不知何意？』李小二道：『恩人休要疑心，衹要没事便好了。衹是小人家離得遠了，過幾時那工夫來望恩人。』就在家裏安排幾杯酒，請林沖吃了。

話不絮煩，兩個相别了。林沖自來天王堂，取了包裹，帶了尖刀，拿了條花槍，與差撥一同辭了管營，兩個取路投草料場來。正是嚴冬天氣，彤雲密布，朔風漸起，却早紛紛揚揚卷下一天大雪來。那雪早下得密了。怎見得好雪？有《臨江仙》詞爲證：

作陣成團空裏下，這回忒殺堪憐。剡溪凍住子猷船。玉龍鱗甲舞，江海盡平填。宇宙樓臺都壓倒，長空飄絮飛綿。三千世界玉相連。冰交河北岸，凍了十餘年。

林沖和差撥兩個在路上，又没買酒吃處，早來到草料場外。看時，一周遭有些黄土墻，兩扇大門。推開看裏面時，七八間草房做着倉廒，四下裏都是馬草堆，中間兩座草廳。到那廳裏，衹見那老軍在裏面向火。差撥説道：『管營差這個林沖來替你回天王堂看守，你可即便交割。』老軍拿了鑰匙，引着林沖，分付道：『倉廒内自有官司封記，這幾堆草一堆堆都有數目。』老軍都點見了堆數，又引林沖到草廳上。老軍收拾行李，臨了説道：『火盆、鍋子、碗、碟，都借與你。』林沖道：『天王堂内我也有在那裏，你要便拿了去。』老軍指壁上挂一個大葫蘆，説道：『你若買酒吃時，衹出草場，投東大路去三二里，便有市井。』老軍自和差撥回營裏來。

衹説林沖就床上放了包裹被卧，就坐下生些焰火起來。屋後有一堆柴炭，拿幾塊來生在地爐裏。仰面看那草屋時，四下裏崩壞了，又被朔風吹撼，摇振得動。林沖道：『這屋如何過得一冬？待雪晴了，去城中唤個泥水匠來修理。』向了一回火，覺得身上寒冷，尋思：『却才老軍所説二里路外有那市井，何不去沽些酒來吃？』便去包裹取些碎銀子，把花槍挑了酒葫蘆，將火炭蓋了，取氈笠子戴上，拿了鑰匙，出來把草廳門拽上。出到大門首，把兩扇草場門反拽上鎖了。帶了鑰匙，信步投東。雪地裏踏着碎瓊亂玉，迤邐背着北風而行。那雪正下得緊，行不上半里多路，看見一所古廟。林沖頂禮道：『神明庇佑，改日來燒錢紙。』又行了一回，望見一簇人家。林沖住脚看時，見籬笆中挑着一個草帚兒在露天裏。林沖徑到店裏，主人道：『客人那裏來？』林沖道：『你認得這個葫蘆麽？』主人看了道：『這葫蘆是草料場老軍的。』林沖道：『如何便認的？』店主道：『既是草料場看守大哥，且請少坐。天氣寒冷，且酌三杯權當接風。』店家切一盤熟牛肉，燙一壺熱酒，請林沖吃。又自買了些牛肉，又吃了數杯。就又買了一葫蘆酒，包了那兩塊牛肉，留下碎銀子，把花槍挑了酒葫蘆，懷内揣了牛肉，叫聲相擾，便出籬笆門，依舊迎着朔風回來。看那雪，到晚越下的緊了。古時有個書生，做了一個詞，單題那貧苦的恨雪：

廣莫嚴風刮地，這雪兒下的正好。扯絮撏綿，裁幾片大如栲栳。見林間竹屋茅茨，争些兒被他壓倒。富室豪家，却言道壓瘴猶嫌少。向的是獸炭紅爐，穿的是綿衣絮襖。手捻梅花，唱道國家祥瑞，不念貧民些小。高卧有幽人，吟咏多詩草。

再説林沖踏着那瑞雪，迎着北風，飛也似奔到草場門口，開了鎖，入内看時，衹叫得苦。原來天理昭然，佑護善人義士。因這場大雪，救了林沖的性命。那兩間草廳已被雪壓倒了。林沖尋思：『怎地好？』放下花槍、葫蘆在雪裏。恐怕火盆內有火炭延燒起來。搬開破壁子，探半身入去摸時，火盆內火種都被雪水浸滅了。林沖把手床上摸時，衹拽得一條絮被。林沖鑽將出來，見天色黑了，尋思：『又没打火處，怎生安排？』想起：『離了這半里路上，有個古廟，可以安身。我且去那裏宿一夜，等到天明却做理會。』把被卷了，花槍挑着酒葫蘆，依舊把門拽上，鎖了，望那廟裏來。

入的廟門，再把門掩上，傍邊止有一塊大石頭，掇將過來，靠了門。入的裏面看時，殿上塑着一尊金甲山神，兩邊一個判官，一個小鬼，側邊堆着一堆紙。團團看來，又没鄰舍，又無廟主。林沖把槍和酒葫蘆放在紙堆上，將那條絮被放開，先取下氈笠子，把身上雪都抖了，把上蓋白布衫脱將下來，早有五分濕了，和氈笠放在供桌上，把被扯來蓋了半截下身。却把葫蘆冷酒提來便吃，就將懷中牛肉下酒。正吃時，衹聽得外面必必剥剥地爆響。林沖跳起身來，就壁縫裏看時，衹見草料場裏火起，刮刮雜雜燒着。但見：

一點靈臺，五行造化，丙丁在世傳流。無明心內，灾禍起滄州。烹鐵鼎能成萬物，鑄金丹還與重樓。思今古，南方離位，熒惑最爲頭。緑窗歸焰燼，隔花深處，掩映釣漁舟。鏖兵赤壁，公瑾喜成謀。李晉王醉存館驛，田單在即墨驅牛。周褒姒驪山一笑，因此戲諸侯。

當時林沖便拿了花槍，却待開門來救火，衹聽得前面有人説將話來。林沖就伏在廟聽時，是三個人脚步聲，直奔廟裏來。用手推門，却被石頭靠住了，推也推不開。三人在廟檐下立地看火，數内一個道：『這條計好麼？』一個應道：『端的虧管營、差撥兩位用心。回到京師，禀過太尉，都保你二位做大官。這番張教頭没的推故。』那人道：『林沖今番直吃我們對付了。高衙内這病必然好了。』又一個道：『張教頭那厮，三回五次托人情去説：「你的女婿殁了。」張教頭越不肯應承。因此衙内病患看看重了，太尉特使俺兩個央浼二位幹這件事，不想而今完備了。』又一個道：『小人直爬入墻裏去，四下草堆上點了十來個火把，待走那裏去！』那一個道：『這早晚燒個八分過了。』又聽一個道：『便逃得性命時，燒了大軍草料場，也得個死罪。』又一個道：『我們回城裏去罷。』一個道：『再看一看，拾得他一兩塊骨頭回京，府裏見太尉和衙内時，也道我們也能會幹事。』

林沖聽那三個人時，一個是差撥，一個是陸虞候，一個是富安。自思道：『天可憐見林沖，若不是倒了草廳，我準定被這厮們燒死了。』輕輕把石頭掇開，挺着花槍，一手拽開廟門，大喝一聲：『潑賊那裏去！』三個人急要走時，驚得呆了，正走不動。林沖舉手肐察的一槍，先戳倒差撥。陸虞候叫聲：『饒命！』嚇的慌了手脚，走不動。那富安走不到十來步，被林沖趕上，後心衹一槍，又戳倒了。翻身回來，陸虞候却才行的三四步。林沖喝聲道：『奸賊！你待那裏去！』劈胸衹一提，丢翻在雪地上。把槍搠在地裏，用脚踏住胸脯，身邊取出那口刀來，便去陸謙臉上擱着，喝道：『潑賊！我自來又和你無什麼冤仇，你如何這等害我！正是殺人可恕，情理難容。』陸虞候告道：『不干小人事，太尉差遣，不敢不來。』林沖罵道：『奸賊，我與你自幼相交，今日倒來害我，怎不干你事！且吃我一刀。』把陸謙上身衣服扯開，把尖刀向心窩裏衹一剜，七竅迸出血來，將心肝提在手裏。回頭看時，差撥正爬將起來要走。林沖按住喝道：『你這厮原來也恁的歹！且吃我一刀。』又早把頭割下來，挑在槍上。回來把富安、陸謙頭都割下來。把尖刀插了，將三個人頭髮結做一處，提入廟裏來，都擺在山神面前供桌上。再穿了白布衫，系了搭膊，把氈笠子帶上，將葫蘆裏冷酒都吃盡了。被與葫蘆都丢了不要，提了槍，便出廟門投東去。走不到三五里，早見近村人家都拿着水桶、鈎子來救火。林沖道：『你們快去救應，我去報官了來。』提着槍衹顧走。那雪越下的猛，但見：

凜凜嚴凝霧氣昏，空中祥瑞降紛紛。須臾四野難分路，頃刻千山不見痕。銀世界，玉乾坤，望中隱隱接昆侖。若還下到三更後，仿佛填平玉帝門。

林沖投東去了兩個更次，身上單寒，當不過那冷。在雪地裏看時，離的草場遠了。衹見前面疏林深處，樹木交雜，遠遠地數間草屋，被雪壓着，破壁縫裏透出火光來。林沖徑投那草屋來，推開門，衹見那中間坐着一個老莊客，周圍坐着四五個小莊家向火。地爐裏面焰焰地燒着柴火。林沖走到面前，叫道：『衆位拜揖。小人是牢城營差使人，被雪打濕了衣裳，借此火烘一烘，望乞方便。』莊客道：『你自烘便了，何妨礙。』林沖烘着身上濕衣服，略有些乾，衹見火炭邊煨着一個瓮兒，裏面透出酒香。林沖便道：『小人身邊有些碎銀子，望煩回些酒吃。』老莊客道：『我們每夜輪流看米囤，如今四更，天氣正冷，我們這幾個吃尚且不夠，那得回與你。休要指望。』林沖又道：『胡亂衹回三五碗與小人擋寒。』老莊家道：『你那人休纏，休纏！』林沖聞得酒香，越要吃，説道：『没奈何，回些罷。』衆莊客道：『好意着你烘衣裳向火，便來要酒吃。去便去，不去時將來吊在這裏。』林沖怒道：『這廝們好無道理。』把手中槍看着塊焰焰着的火柴頭，望老莊家臉上衹一挑將起來，又把槍去火爐裏衹一攪，那老莊家的髭鬚焰焰的燒着。衆莊客都跳將起來，林沖把槍杆亂打。老莊家先走了。莊家們都動彈不得，被林沖趕打一頓，都走了。林沖道：『都走了，老爺快活吃酒。』土炕上却有兩個椰瓢，取一個下來，傾那瓮酒來吃了一會，剩了一半，提了槍出門便走。一步高，一步低，踉踉蹌蹌捉脚不住。走不過一里路，被朔風一掉，隨着那山澗邊倒了，那裏掙得起來。凡醉人一倒，便起不得。當時林沖醉倒在雪地上。

却説衆莊客引了二十餘人，拖槍拽棒，都奔草屋下看時，不見了林沖。却尋着踪迹趕將來，衹見倒在雪地裏，花槍丢在一邊。衆莊客一發上手，就地拿起林沖來，將一條索縛了，趁五更時分，把林沖解投那個去處來。不是别處，有分教：蓼兒窪內，前後擺數千隻戰艦艨艟，水滸寨中，左右列百十個英雄好漢。正是：説時殺氣侵人冷，講處悲風透骨寒。

畢竟看林沖被莊客解投甚處來，且聽下回分解。

第十一回　朱貴水亭施號箭　林沖雪夜上梁山

旋風者，惡風也。其勢盤旋自地而起，初則揚灰聚土，漸至奔沙走石，天地爲昏，人獸駭竄，故謂之旋。旋音去聲，言其能旋惡物聚于一處故也。水泊之有衆人也，則自林沖始也，而旋林沖入水泊，則柴進之力也。名柴進曰『旋風』者，惡之之辭也，然而又系之以『小』何也？夫柴進之于水泊，其猶青萍之末矣，積而至于李逵亦入水泊，而上下尚有定位，日月尚有光明乎耶？故甚惡之，而加之以『黑』焉。夫視『黑』，則柴進爲『小』矣，此『小旋風』之所以名也。

此回前半衹平平無奇，特喜其叙事簡净耳。至後半寫林武師店中飲酒，筆筆如奇鬼，森然欲來搏人，雖坐閨閣中讀之，不能不拍案叫哭也。

接手便寫王倫疑忌，此亦若輩故態，無足爲道。獨是渡河三日，一日一换，有筆如此，雖謂比肩腐史，豈多讓哉！最奇者，如第一日，并没一個人過；第二日，却有一伙三百餘人過，乃不敢動手；第三日，有一個人，却被走了，必再等一等，方等出一個大漢來。都是特特爲此奇拗之文，不得忽過也。

處處點綴出雪來，分外耀艷。

我讀第三日文中，至『打拴了包裹撇在房中』句，『不如趁早，天色未晚』句，真正心折耐庵之爲才子也。後有讀者，願留覽焉。

話説『豹子頭』林沖當夜醉倒在雪裏地上，掙扎不起，被衆莊客向前綁縛了，解送來一個莊院。衹見一個莊客從院裏出來，説道：『大官人未起。』衆人且把林沖高吊起在門樓下。看看天色曉來，林沖酒醒，打一看時，果然好個大莊院。林沖大叫道：『什麽人敢吊我在這裏？』那莊客聽得叫，手拿柴棍，從門房裏走出來，喝道：『你這廝還自好口！』那個被燒了髭鬚的老莊客説道：『休要問他，衹顧打。等大官人起來，好生推問。』衆莊客一齊上。林沖被打，掙扎不得，祇叫道：『不妨事，我有分辯處。』祇見一個莊客來叫道：『大官人來了。』林沖看時，見那個官人背叉着手，行將出來，在廊下問道：『你等衆人打什麼人？』衆莊客答道：『昨夜捉得個偷米賊人。』那官人向前來看時，認得是林沖，慌忙喝退莊客，親自解下，問道：『教頭緣何被吊在這裏？』衆莊客看見，一齊走了。

林沖看時，不是別人，却是柴進。連忙叫道：『大官人救我。』柴進道：『教頭爲何到此，被村夫恥辱？』林沖道：『一言難盡。』兩個且到裏面坐下，把這火燒草料場一事，備細告訴。柴進聽罷，道：『兄長如此命蹇！今日天假其便，但請放心。這裏是小弟的東莊，且住幾時，却再商議。』叫莊客取一籠衣裳出來，叫林沖徹裏至外都換了，請去暖閣裏坐地，安排酒食杯盤管待。自此林沖祇在柴進東莊上，住了五七日。

却說滄州牢城營裏管營，首告林沖殺死差撥、陸虞候、富安等三人，放火延燒大軍草料場。州尹大驚，隨即押了公文帖，仰緝捕人員，將帶做公的，沿鄉歷邑，道店村坊，畫影圖形，出三千貫信賞錢，捉拿正犯林沖。看看挨捕甚緊，各處村坊講動了。

且說林沖在柴大官人東莊上，聽得這話，如坐針氈。伺候柴進回莊，林沖便說道：『非是大官人不留小弟，争奈官司追捕甚緊，排家搜捉，倘或尋到大官人莊上時，須負累大官人不好。既蒙大官人仗義疏財，求借林沖些小盤纏，投奔他處栖身。异日不死，當以犬馬之報。』柴進道：『既是兄長要行，小人有個去處。作書一封與兄長去，如何？』正是：

豪杰蹉跎運未通，行藏隨處被牢籠。不因柴進修書薦，焉得馳名水滸中？

林沖道：『若得大官人如此周濟，教小人安身立命。祇不知投何處去？』柴進道：『是山東濟州管下一個水鄉，地名梁山泊，方圓八百餘里，中間是宛子城、蓼兒窪。如今有三個好漢在那裏扎寨。爲頭的唤做白衣秀士王倫，第二個唤做摸着天杜遷，第三個唤做雲裏金剛宋萬。那三個好漢聚集着七八百小嘍囉，打家劫舍，多有做下迷天大罪的人，都投奔那裏躲灾避難，他都收留在彼。三位好漢亦與我交厚，常寄書緘來。我今修一封書與兄長，去投那裏入伙如何？』林沖道：『若得如此顧盼最好。』柴進道：『祇是滄州道口，現今官司張挂榜文，又差兩個軍官，在那裏搜檢，把住道口。兄長必用從那裏經過。』柴進低頭一想道：『再有個計策，送兄長過去。』林沖道：『若蒙周全，死而不忘。』

柴進當日先叫莊客背了包裹出關去等。柴進却備了三二十匹馬，帶了弓箭旗槍，駕了鷹雕，牽着獵狗，一行人馬都打扮了，却把林沖雜在裏面，一齊上馬，都投關外。却說把關軍官坐在關上，看見是柴大官人，却都認得。原來這軍官未襲職時，曾到柴進莊上，因此識熟。軍官起身道：『大官人又去快活。』柴進下馬問道：『二位官人緣何在此？』軍官道：『滄州大尹行移文書，畫影圖形，捉拿犯人林沖，特差某等在此守把。但有過往客商，一一盤問，才放出關。』柴進笑道：『我這一伙人内，中間夾帶着林沖，你緣何不認得？』軍官也笑道：『大官人是識法度的，不到得肯挾帶了出去。請尊便上馬。』柴進又笑道：『祇恁地相托得過，拿得野味回來相送。』作別了，一齊上馬出關去了。行得十四五里，却見先去的莊客在那裏等候。柴進叫林沖下了馬，脱去打獵的衣服，却穿上莊客帶來的自己衣裳，系了腰刀，戴上紅纓氈笠，背上包裹，提了衮刀，相辭柴進，拜別了便行。祇說那柴進一行人，上馬自去打獵，到晚方回。依舊過關，送些野味與軍官，回莊上去了。

林沖與柴大官人別後，上路行了十數日，時遇暮冬天氣，彤雲密布，朔風緊起，又早紛紛揚揚下着滿天大雪。行不到二十餘里，祇見滿地如銀。但見：

冬深正清冷，昏晦路行難。長空皎潔，争看瑩净，埋没遥山。反復風翻絮粉，繽紛輕點林巒。清沁茶烟濕，平鋪濮水船。樓臺銀壓瓦，松壑玉龍蟠。蒼松鬅發，皓拱星攢，珊瑚圓。輕柯渺漢汀灘，孤艇獨釣雪漫漫。村墟情冷落，凄慘少欣歡。

林沖踏着雪衹顧走，看看天色冷得緊切，漸漸晚了。遠遠望見枕溪靠湖一個酒店，被雪漫漫地壓着。但見：

銀迷草舍，玉映茅檐。數十株老樹杈椏，三五處小窗關閉。疏荆籬落，渾如膩粉輕鋪；黄土繞墻，却似鉛華布就。

千團柳絮飄簾幕，萬片鵝毛舞酒旗。

林沖看見，奔入那酒店裏來，揭起蘆簾，拂身人去。到側首看時，都是座頭，揀一處坐下。倚了樸刀，解放包裹，抬了氈笠，把腰刀也挂了。衹見一個酒保來問道：『客官打多少酒？』林沖道：『先取兩角酒來。』酒保將個桶兒，打兩角酒，將來放在桌上。林沖又問道：『有什麽下酒？』酒保道：『有生熟牛肉、肥鵝、嫩鷄。』林沖道：『先切二斤熟牛肉來。』酒保去不多時，將來鋪下一大盤牛肉，數般菜蔬，放個大碗，一面篩酒。林沖吃了三四碗酒，衹見店裏一個人背叉着手，走出來門前看雪。那人問酒保道：『什麽人吃酒？』林沖看那人時，頭戴深檐暖帽，身穿貂鼠皮襖，脚着一雙獐皮窄靿靴，身材長大，貌相魁宏，雙拳骨臉，三丫黄髯，衹把頭來摸着看雪。

林沖叫酒保衹顧篩酒。林沖説道：『酒保，你也來吃碗酒。』酒保吃了一碗。林沖問道：『此間去梁山泊還有多少路？』酒保答道：『此間要去梁山泊，雖衹數里，却是水路，全無旱路。若要去時，須用船去，方才渡得到那裏。』林沖道：『你可與我覓隻船兒。』酒保道：『這般大雪，天色又晚了，那裏去尋船隻？』林沖道：『我多與你些錢，央你覓隻船來，渡我過去。』酒保道：『却是没討處。』林沖尋思道：『這般怎的好？』又吃了幾碗酒，悶上心來，驀然間想起：『我先在京師做教頭，禁軍中每日六街三市游玩吃酒，誰想今日被高俅這賊坑陷了我這一場，文了面，直斷送到這裏。閃得我有家難奔，有國難投，受此寂寞。』因感傷懷抱，問酒保借筆硯來，乘着一時酒興，向那白粉壁上寫下八句五言詩。寫道：

『仗義是林沖，爲人最樸忠。江湖馳譽望，京國顯英雄。

身世悲浮梗，功名類轉蓬。他年若得志，威鎮泰山東！』

林沖題罷詩，撇下筆，再取酒來。

正飲之間，衹見那漢子走向前來，把林沖劈腰揪住，説道：『你好大膽！你在滄州做下迷天大罪，却在這裏。現今官司出三千貫信賞錢捉你，却是要怎的？』林沖道：『你道我是誰？』那漢道：『你不是林沖？』林沖道：『我自姓張。』那漢笑道：『你莫胡説。現今壁上寫下名字，你臉上文着金印，如何要賴得過。』林沖道：『你真個要拿我？』那漢笑道：『我却拿你做什麽。你跟我進來，到裏面和你説話。』那漢放了手，林沖跟着，到後面一個水亭上，叫酒保點起燈來，和林沖施禮，對面坐下。那漢問道：『却才見兄長衹顧問梁山泊路頭，要尋船去。那裏是强人山寨，你待要去做什麽？』林沖道：『實不相瞞，如今官司追捕小人緊急，無安身處，特投這山寨裏好漢入伙，因此要去。』那漢道：『雖然如此，必有個人薦兄長來入伙。』林沖道：『滄州横海郡故友舉薦將來。』那漢道：『莫非柴進麽？』林沖道：『足下何以知之？』那漢道：『柴大官人與山寨中大王頭領交厚，常有書信往來。』原來是王倫當初不得第之時，與杜遷投奔柴進，多得柴進留在莊子上住了幾時。臨起身又賫發盤纏銀兩，因此有恩。

林沖聽了，便拜道：『有眼不識泰山。願求大名。』那漢慌忙答禮，説道：『小人是王頭領手下耳目。小人姓朱名貴，原是沂州沂水縣人氏。山寨裏教小弟在此間開酒店爲名，專一探聽往來客商經過。但有財帛者，便去山寨裏報知。但是孤單客人到此，無財帛的放他過去；有財帛的來到這裏，輕則蒙汗藥麻翻，重則登時結果，將精肉片爲羓子，肥肉煎油點燈。却才見兄長衹顧問梁山泊路頭，因此不敢下手。次後見寫出大名來，曾有東京來的人，傳説兄長的豪杰，不期今日得會。既有柴大官人書緘相薦，亦是兄長名震寰海，王頭領必當重用。』隨即叫酒保安排分例酒來相待。林沖道：『何故重賜分例酒食？拜擾不當。』朱貴道：『山寨中留下分例酒食，但有好漢經過，必叫小弟相待。既是兄長來此入伙，怎敢有失祗應。』隨即安排魚肉盤饌酒肴，到來相待。兩個在水亭上吃了半夜酒。林沖道：『如何能夠船來渡過去？』朱貴道：『這裏自有船隻，兄長放心。且暫宿一宵，五更却請起來同往。』當時兩個各自去歇息。

睡到五更時分，朱貴自來叫林沖起來。洗漱罷，再取三五杯酒相待，吃了些肉食之類。此時天尚未明，朱貴把水亭上窗子開了，取出一張鵲畫弓，搭上那一枝響箭，覷着對港敗蘆折葦裏面射將去。林沖道：『此是何意？』朱貴道：『此是山寨裏的號箭。少刻便有船來。』没多時，祇見對過蘆葦泊裏，三五個小嘍囉摇着一隻快船過來，逕到水亭下。朱貴當時引了林沖，取了刀仗、行李下船。小嘍囉把船摇開，望泊子裏去，奔金沙灘來。林沖看時，見那八百里梁山水泊，果然是個陷人去處。但見：

山排巨浪，水接遥天。亂蘆攢萬萬隊刀槍，怪樹列千千層劍戟。濠邊鹿角，俱將骸骨攢成；寨内碗瓢，盡使髑髏做就。剥下人皮蒙戰鼓，截來頭髮做韁繩。阻當官軍，有無限斷頭港陌；遮攔盜賊，是許多絶徑林巒。鵝卵石迭迭如山，苦竹槍森森如雨。戰船來往，一周回埋伏有蘆花；深港停藏，四壁下窩盤多草木。斷金亭上愁雲起，聚義廳前殺氣生。

當時小嘍囉把船摇到金沙灘岸邊。朱貴同林沖上了岸，小嘍囉背了包裹，拿了刀仗，兩個好漢上山寨來。那幾個小嘍囉自把船摇去小港裏去了。林沖看岸上時，兩邊都是合抱的大樹，半山裏一座斷金亭子。再轉將上來，見座大關。關前擺着刀槍劍戟，弓弩戈矛，四邊都是擂木炮石。小嘍囉先去報知。二人進得關來，兩邊夾道遍擺着隊伍旗號。又過了兩座關隘，方才到寨門口。林沖看見四面高山，三關雄壯，團團圍定，中間裏鏡面也似一片平地，可方三五百丈；靠着山口才是正門，兩邊都是耳房。

朱貴引着林沖來到聚義廳上。中間交椅上坐着王倫，左邊交椅上坐着杜遷，右邊交椅上坐着宋萬。朱貴、林沖向前聲喏了。林沖立在朱貴側邊。朱貴便道：『這位是東京八十萬禁軍教頭，姓林名衝。因被高太尉陷害，刺

配滄州，那裏又被火燒了大軍草料場。争奈殺死三人，逃走在柴大官人家，好生相敬。因此特寫書來，舉薦入伙。』

林沖懷中取書遞上。王倫接來拆開看了，便請林沖來坐第四位交椅，朱貴坐了第五位。一面叫小嘍囉取酒來，把了三巡。動問柴大官人近日無恙。林沖答道：『每日祇在郊外獵較樂情。』王倫動問了一回，驀地尋思道：『我却是個不及第的秀才，因鳥氣，合着杜遷來這裏落草，續後宋萬來，聚集這許多人馬伴當。我又没十分本事，杜遷、宋萬武藝也祇平常。如今不争添了這個人，他是京師禁軍教頭，必然好武藝。倘若被他識破我們手段，他須占强，我們如何迎敵。不若祇是一怪，推却事故，發付他下山去便了，免致後患。祇是柴進面上却不好看，忘了日前之恩，如今也顧他不得。』有詩爲證：

英勇多推林教頭，薦賢柴進亦難儔。鬥筲可笑王倫量，抵死推辭不肯留。

當下王倫叫小嘍囉一面安排酒食，整理筵宴，請林沖赴席，衆好漢一同吃酒。將次席終，王倫叫小嘍囉把一個盤子托出五十兩白銀，兩匹紵絲來。王倫起來説道：『柴大官人舉薦將教頭來敝寨入伙，争奈小寨糧食缺少，屋宇不整，人力寡薄，恐日後誤了足下，亦不好看。略有些薄禮，望乞笑留，尋個大寨安身歇馬，切勿見怪。』林沖道：『三位頭領容覆：小人千里投名，萬里投主，憑托柴大官人面皮，逕投大寨入伙。林沖雖然不才，望賜收録，當以一死向前，并無諂佞，實爲平生之幸。不爲銀兩賫發而來，乞頭領照察。』王倫道：『我這裏是個小去處，如何安着得你。休怪，休怪！』朱貴見了，便諫道：『哥哥在上，莫怪小弟多言。山寨中糧食雖少，近村遠鎮，可以去借。山場水泊，木植廣有，便要蓋千間房屋却也無妨。這位是柴大官人力舉薦來的人，如何教他别處去。抑且柴大官人自來與山上有恩，日後得知不納此人，須不好看。這位又是有本事的人，他必然來出氣力。』杜遷道：『山寨中那争他一個。哥哥若不收留，柴大官人知道時見怪，顯的我們忘恩背義。日前多曾虧了他，今日薦個人來，便恁推却，發付他去。』宋萬也勸道：『柴大官人面上，可容他在這裏做個頭領也好。不然見的我們無意氣，使江

湖上好漢見笑。」

王倫道：「兄弟們不知。他在滄州雖是犯了迷天大罪，今日上山，却不知心腹。倘或來看虛實，如之奈何？」林沖道：「小人一身犯了死罪，因此來投入伙，何故相疑。」王倫道：「既然如此，你若真心入伙時，把一個投名狀來。」林沖便道：「小人頗識幾字，乞紙筆來便寫。」朱貴笑道：「教頭，你錯了。但凡好漢們入伙，須要納投名狀。是教你下山去殺得一個人，將頭獻納，他便無疑心。這個便謂之投名狀。」林沖道：「這事也不難。林沖便下山去等，衹怕没人過。」王倫道：「與你三日限。若三日內有投名狀來，便容你入伙；若三日內没時，衹得休怪。」林沖應承了，自回房中宿歇。悶悶不已。正是：

愁懷鬱鬱苦難開，可恨王倫忒弄乖。明日早尋山路去，不知那個送頭來？

當晚席散，朱貴相別下山，自去守店。

林沖到晚，取了刀仗、行李，小嘍囉引去客房內歇了一夜。次日早起來，吃些茶飯，帶了腰刀，提了樸刀，叫一個小嘍囉領路下山，把船渡過去，僻靜小路上等候客人過往。從朝至暮，等了一日，并無一個孤單客人經過。林沖悶悶不已，和小嘍囉再過渡來，回到山寨中。王倫問道：「投名狀何在？」林沖答道：「今日并無一個過往，以此不曾取得。」王倫道：「你明日若無投名狀時，也難在這裏了。」林沖再不敢答應，心內自己不樂。來到房中，討些飯吃了。又歇了一夜。

次日清早起來，和小嘍囉吃了早飯，拿了樸刀，又下山來。小嘍囉道：「俺們今日投南山路去等。」兩個來到林裏潛伏等候，并不見一個客人過往。伏到午時後，一伙客人約有三百餘人，結踪而過，林沖又不敢動手，讓他過去。又等了一歇，看看天色晚來，又不見一個客人過。林沖對小嘍囉道：「我恁地晦氣，等了兩日，不見一個孤單客人過往，何以是好？」小嘍囉道：「哥哥且寬心。明日還有一日限，我和哥哥去東山路上等候。」當晚依舊上山。

王倫說道：「今日投名狀如何？」林沖不敢答應，衹嘆了一口氣。王倫笑道：「想是今日又没了。我説與你三日限，今已兩日了。若明日再無，不必相見了，便請那步下山，投別處去。」林沖回到房中，端的是心内好悶。有《臨江仙》詞一篇云：

悶似蛟龍離海島，愁如猛虎困荒田，悲秋宋玉泪漣漣。江淹初去筆，霸王恨無船。高祖滎陽遭困厄，昭關伍相受憂煎，曹公赤壁火連天。李陵臺上望，蘇武陷居延。

當晚林沖仰天長嘆道：「不想我今日被高俅那賊陷害，流落到此，直如此命蹇時乖！」過了一夜，次日天明起來，討些飯食吃了，打拴了那包裹，撇在房中，跨了腰刀，提了樸刀，又和小嘍囉下山過渡，投東山路上來。林沖道：「我今日若還取不得投名狀時，衹得去別處安身立命。」兩個來到山下東路林子裏潛伏等候。看看日頭中了，又没一個人來。

時遇殘雪初晴，日色明朗。林沖提着樸刀，對小嘍囉道：「眼見得又不濟事了，不如趁早，天色未晚，取了行李，衹得往別處去尋個所在。」小校用手指道：「好了，兀的不是一個人來！」林沖看時，叫聲：「慚愧！」衹見那個人遠遠在山坡下，望見行來。待他來得較近，林沖把樸刀杆剪了一下，驀地跳將出來。那漢子見了林沖，叫聲：「阿也！」撇了擔子，轉身便走。林沖趕將去，那裏趕得上，那漢子閃過山坡去了。林沖道：「你看我命苦麽！等了三日，甫能等得一個人來，又吃他走了。」小校道：「雖然不殺得人，這一擔財帛可以抵當。」林沖道：「你先挑了上山去，我再等一等。」小嘍囉先把擔兒挑上山去。衹見山坡下轉出一個大漢來。林沖見了，說道：「天賜其便！」衹見那人挺着樸刀，大叫如雷，喝道：「潑賊，殺不盡的强徒！將俺行李那裏去！灑家正要捉你這厮們，倒來拔虎鬚！」飛也似踴躍將來。林沖見他來得勢猛，也使步迎他。不是這個人來鬥林沖，有分教：梁山泊内，添這個弄風白額大蟲；水滸寨中，湊幾衹跳澗金睛猛獸。

畢竟來與林沖鬥的正是甚人，且聽下回分解。

第十二回　梁山泊林沖落草　汴京城楊志賣刀

吾觀今之文章之家，每云我有避之一訣，固也，然而吾知其必非才子之文也。夫才子之文，則豈惟不避而已，又必于本不相犯之處，特特故自犯之，而後從而避之。此無他，亦以文章家之有避之一訣，非以教人避也，正以教人犯也。犯之而後避之，故避有所避也。若不能犯之而但欲避之，然則避何所避乎哉？是故行文非能避之難，實能犯之難也。譬諸奕棋者，非救劫之難，實留劫之難也。將欲避之，必先犯之。夫犯之而至于必不可避，而後天下之讀吾文者，于是乎而觀吾之才之筆矣。犯之而至于必不可避，而吾之才之筆，爲之躊躇，爲之四顧，砉然中窾，如土委地，則雖號于天下之人曰：『吾才子也，吾文才子之文也。』彼天下之人，亦誰復敢爭之乎哉？故此書于林沖買刀後，緊接楊志賣刀，是正所謂才子之文必先犯之者，而吾于是始樂得而徐觀其避也。

又曰：我讀《水滸》至此，不禁浩然而嘆也。曰：嗟乎！作《水滸》者，雖欲不謂之才子，胡可得乎？夫人胸中，有非常之才者，必有非常之筆；有非常之筆者，必有非常之力。夫非非常之才，無以構其思也；非非常之筆，無以摛其才也，又非非常之力，亦無以副其筆也。今觀《水滸》之寫林武師也，忽以寶刀結成奇彩，及寫楊制使也，又復以寶刀結成奇彩。夫寫豪杰不可盡，而忽然置豪杰而寫寶刀，此借非非常之才，其亦安知寶刀爲即豪杰之替身，但寫得寶刀盡致盡興，即已令豪杰盡致盡興者耶？且以寶刀寫出豪杰固已，然以寶刀寫武師者，不必其又以寶刀寫制使也。今前回初以一口寶刀照耀武師者，接手便又以一口寶刀照耀制使，兩位豪杰，兩口寶刀，接連而來，對插而起，用筆至此，奇險極矣。即欲不謂之非常，而英英之色，千人萬人，莫不共見，其又疇得而不謂之非常乎？又一個買刀，一個賣刀，分鑣各騁，互不相犯固也，然使于贊嘆處，痛悼處，稍稍有一句、二句，乃至一字、二字偶然相同，即亦豈見作者之手法乎？今兩刀接連，一字不犯，乃至譬如東泰西華，各自争奇。嗚呼，特特鋌而走險，以自表其『六轡如組，兩驂如舞』之能，才子之稱，豈虛譽哉！

天漢橋下寫英雄失路，使人如坐冬夜，緊接演武廳前寫英雄得意，使人忽上春臺。咽處加一倍咽，艷處加一倍艷，皆作者瞻顧非常，趨走有龍虎之狀處。

話說林沖打一看時，衹見那漢子頭戴一頂范陽氈笠，上撒着一把紅纓，穿一領白緞子征衫，系一條縱綫縧，下面青白間道行纏，抓着褲子口，獐皮襪，帶毛牛膀靴，跨口腰刀，提條樸刀，生得七尺五六身材，面皮上老大一搭青記，腮邊微露些少赤鬚，把氈笠子掀在脊梁上，坦開胸脯，帶着抓角兒軟頭巾，挺手中樸刀，高聲喝道：『你那潑賊，將俺行李財帛那裏去了？』林沖正沒好氣，那裏答應，睜圓怪眼，倒竪虎鬚，挺着樸刀，搶將來鬥那個大漢。林沖與那漢鬥到三十來合，不分勝敗。

兩個又鬥了十數合，正鬥到分際，衹見山高處叫道：『兩個好漢不要鬥了。』林沖聽得，驀地跳出圈子外來。兩個收住手中樸刀，看那山頂上時，却是王倫和杜遷、宋萬，并許多小嘍囉走下山來，將船渡過了河，說道：『兩位好漢，端的好兩口樸刀，神出鬼沒。這個是俺的兄弟林沖。青面漢，你却是誰？願通姓名。』那漢道：『灑家是三代將門之後，五侯楊令公之孫，姓楊名志，流落在此關西。年紀小時，曾應過武舉，做到殿司制使官。道君因蓋萬歲山，差一般十個制使，去太湖邊搬運花石綱赴京交納。不想灑家時乖運蹇，押着那花石綱來到黄河裏，遭風打翻了船，失陷了花石綱，不能回京赴任，逃去他處避難。如今赦了俺們罪犯。灑家今來收得一擔兒錢物，待回東京，去樞密院使用，再理會本身的勾當。打從這裏經過，雇倩莊家挑那擔兒，不想被你們奪了。可把來還灑家如何？』王倫道：『你莫不是綽號唤青面獸的？』楊志道：『灑家便是。』王倫道：『既然是楊制使，就請到山寨吃三杯水酒，納還行李如何？』楊志道：『好漢既然認得灑家，便還了俺行李，更强似請吃酒。』王倫道：『制使，小可數年前到東京應舉時，便聞制使大名，今日幸得相見，如何教你空去。且請到山寨少叙片時，并無他意。』楊志聽說了，衹得跟了王倫一行人等，過了河，上山寨來。就叫朱貴同上山寨相會，都來到寨中聚義廳上。

左邊一帶四把交椅，却是王倫、杜遷、宋萬、朱貴，右邊一帶兩把交椅，上首楊志，下首林沖，都坐定了。王倫叫殺羊置酒，安排筵宴管待楊志，不在話下。

話休絮煩。酒至數杯，王倫指着林沖對楊志道：『這個兄弟，他是東京八十萬禁軍教頭，唤做豹子頭林沖。因這高太尉那廝安不得好人，把他尋事刺配滄州。那裏又犯了事，如今也新到這裏。却才制使要上東京幹勾當，不是王倫糾合制使，小可兀自弃文就武，來此落草。制使又是有罪的人，雖經赦宥，難復前職。亦且高俅那廝現掌軍權，他如何肯容你？不如衹就小寨歇馬，大秤分金銀，大碗吃酒肉，同做好漢。不知制使心下主意若何？』楊志答道：『重蒙衆頭領如此帶携，衹是灑家有個親眷現在東京居住。前者官事連累了他，不曾酬謝得他，今日欲要投那裏走一遭。望衆頭領還了灑家行李。如不肯還，楊志空手也去了。』王倫笑道：『既是制使不肯在此，如何敢勒逼入伙。且請寬心住一宵，明日早行。』楊志大喜。當日飲酒到二更方散，各自去歇息了。

次日早起來，又置酒與楊志送行。吃了早飯，衆頭領叫一個小嘍囉把昨夜擔兒挑了，一齊都送下山來，到路口與楊志作別。叫小嘍囉渡河，送出大路。衆人相別了，自回山寨。王倫自此方才肯教林沖坐第四位，朱貴坐第五位。從此，五個好漢在梁山泊打家劫舍，不在話下。

衹說楊志出了大路，尋個莊家挑了擔子，發付小嘍囉自回山寨。楊志取路不數日，來到東京。入得城來，尋個客店安歇下。莊客交還擔兒，與了些銀兩，自回去了。楊志到店中放下行李，解了腰刀、樸刀，叫店小二將些碎銀子買些酒肉吃了。過數日，央人來樞密院打點理會本等的勾當。將出那擔兒內金銀財物，買上告下，再要補殿司府制使職役。把許多東西都使盡了，方才得申文書，引去見殿帥高太尉。來到廳前，那高俅把從前歷事文書都看了，大怒道：『既是你等十個制使去運花石綱，九個回到京師交納了，偏你這廝把花石綱失陷了，又不來首告，倒又在逃，許多時捉拿不着。今日再要勾當，雖經赦宥，所犯罪名，難以委用。』把文書一筆都批倒了，將楊志趕出殿司府來。

楊志悶悶不已，回到客店中，思量：『王倫勸俺，也見得是。衹爲灑家清白姓字，不肯將父母遺體來點污了。指望把一身本事，邊庭上一槍一刀，博個封妻蔭子，也與祖宗爭口氣。不想又吃這一閃！高太尉，你忒毒害，恁地刻薄！』心中煩惱了一回，在客店裏又住幾日，盤纏都使盡了。

楊志尋思道：『却是怎地好！衹有祖上留下這口寶刀，從來跟着灑家，如今事急無措，衹得拿去街上貨賣得千百貫錢鈔，好做盤纏，投往他處安身。』當日將了寶刀，插了草標兒，上市去賣。走到馬行街內，立了兩個時辰，并無一個人問。將立到晌午時分，轉來到天漢州橋熱鬧處去賣。楊志立未久，衹見兩邊的人都跑入河下巷內去躲。楊志看時，衹見都亂攛，口裏說道：『快躲了，大蟲來也。』楊志道：『好作怪！這等一片錦城池，却那得大蟲來？』當下立住脚看時，衹見遠遠地黑凜凜一條大漢，吃得半醉，一步一攧撞將來。楊志看那人時，形貌生得粗醜。但見：

面目依稀似鬼，身材仿佛如人。杈枒怪樹，變爲肐膊形骸；臭穢枯樁，化作腌臢魍魎。渾身遍體，都生滲滲瀨瀨沙魚皮；夾腦連頭，盡長拳拳彎彎卷螺髮。胸前一片錦頑皮，額上三條强拗皺。

原來這人，是京師有名的破落户潑皮，叫做没毛大蟲牛二，專在街上撒潑行凶撞鬧。連爲幾頭官司，開封府也治他不下，以此滿城人見那厮來都躲了。

却說牛二搶到楊志面前，就手裏把那口寶刀扯將出來，問道：『漢子，你這刀要賣幾錢？』楊志道：『祖上留下寶刀，要賣三千貫。』牛二喝道：『什麽鳥刀，要賣許多錢！我三十文買一把，也切得肉，切得豆腐。你的鳥刀有甚好處，叫做寶刀？』楊志道：『灑家的須不是店上賣的白鐵刀，這是寶刀。』牛二道：『怎地喚做寶刀？』楊志道：『第一件砍銅剁鐵，刀口不卷；第二件吹毛得過；第三件殺人刀上没血。』牛二道：『你敢剁銅錢麽？』楊志道：『你便將來，剁與你看。』

牛二便去州橋下香椒鋪裏，討了二十文當三錢，一垛兒將來，放在州橋欄干上，叫楊志道：『漢子，你若剁得開時，我還你三千貫。』那時看的人雖然不敢近前，向遠遠地圍住了望。楊志道：『這個直得什麽。』把衣袖卷起，拿刀在手，看的較準，衹一刀，把銅錢剁做兩半。衆人都喝采。牛二道：『喝什麽鳥采！你且說第二件是什麽？』楊志道：『吹毛過得。就把幾根頭髮望刀口上衹一吹，齊齊都斷。』牛二道：『我不信。』自把頭上拔下一把頭髮，遞與楊志：『你且吹我看。』楊志左手接過頭髮，照着刀口上盡氣力一吹，那頭髮都做兩段，紛紛飄下地來。衆人喝采，看的人越多了。牛二又問：『第三件是什麽？』楊志道：『殺人刀上没血。』牛二道：『怎地殺人刀上没血？』楊志道：『把人一刀砍了，并無血痕，衹是個快。』牛二道：『我不信！你把刀來剁一個人我看。』楊志道：『禁城之中，如何敢殺人？你不信時，取一隻狗來，殺與你看。』牛二道：『你說殺人，不曾說殺狗。』楊志道：『你不買便罷，衹管纏人做什麽！』牛二道：『你將來我看。』楊志道：『你衹顧没了當！灑家又不多你撩撥的。』牛二道：『你敢殺我？』楊志道：『和你往日無冤，近日無仇，一物不成兩物，現在没來由殺你做什麽？』

牛二緊揪住楊志說道：『我偏要買你這口刀。』楊志道：『你要買，將錢來。』牛二道：『我没錢。』楊志道：『你没錢，揪住灑家怎地？』牛二道：『我要你這口刀。』楊志道：『俺不與你。』牛二道：『你好男子，剁我一刀。』楊志大怒，把牛二推了一交。牛二爬將起來，鑽入楊志懷裏。楊志叫道：『街坊鄰舍都是證見。楊志無盤纏，自賣這口刀。這個潑皮强奪灑家的刀，又把俺打。』街坊人都怕這牛二，誰敢向前來勸。牛二喝道：『你說我打你，便打殺直什麽！』口裏說，一面揮起右手，一拳打來。楊志霍地躲過，拿着刀搶入來，一時性起，望牛二顙根上搠個着，撲地倒了。楊志趕入去，把牛二胸脯上又連搠了兩刀，血流滿地，死在地上。

楊志叫道：『灑家殺死這個潑皮，怎肯連累你們！潑皮既已死了，你們都來同灑家去官府裏出首。』坊隅衆人慌忙攏來，隨同楊志，徑投開封府出首。正值府尹坐衙。楊志拿着刀，和地方鄰舍衆人，都上廳來，一齊跪下，把刀放在面前。楊志告道：『小人原是殿司制使，爲因失陷花石綱，削去本身職役，無有盤纏，將這口刀在街貨賣。不期被個潑皮破落户牛二，强奪小人的刀，又用拳打小人，因此一時性起，將那人殺死。衆鄰舍都是證見。』衆人亦替楊志告説，分訴了一回。府尹道：『既是自行前來出首，免了這厮入門的款打。』且叫取一面長枷枷了，差兩員相官，帶了仵作行人，監押楊志并衆鄰舍一干人犯，都來天漢州橋邊，登場檢驗了，迭成文案。衆鄰舍都出了供狀，保放隨衙聽候，當廳發落。將楊志于死囚牢裏監收。但見：

推臨獄内，擁入牢門。抬頭參青面使者，轉面見赤髮鬼王。黄鬚節級，麻繩準備吊綳揪；黑面押牢，木匣安排牢鎖鐐。殺威棒，獄卒斷時腰痛；撒子角，囚人見了心驚。休言死去見閻王，祇此便爲真地獄。

且説楊志押到死囚牢裏，衆多押牢禁子、節級見説楊志殺死没毛大蟲牛二，都可憐他是個好男子，不來問他要錢，又好生看覷他。天漢州橋下衆人，爲是楊志除了街上害人之物，都斂些盤纏，凑些銀兩，來與他送飯，上下又替他使用。推司也覷他是個身首的好漢，又與東京街上除了一害，牛二家又没苦主，把款狀都改得輕了。三推六問，却招做一時鬥毆殺傷，誤傷人命。待了六十日限滿，當廳推司稟過府尹，將楊志帶出廳前，除了長枷，斷了二十脊杖，唤個文墨匠人，刺了兩行金印，迭配北京大名府留守司充軍。那口寶刀，没官入庫。

當廳押了文牒，差兩個防送公人，免不得是張龍、趙虎，把七斤半鐵葉子盤頭護身枷釘了。分付兩個公人，便教監押上路。天漢州橋那幾個大户，科斂些銀兩錢物，等候楊志到來，請他兩個公人一同到酒店裏吃了些酒食，把出銀兩賫發兩位防送公人，説道：『念楊志是個好漢，與民除害。今去北京路途中，望乞二位上下照覷，好生看他一看。』張龍、趙虎道：『我兩個也知他是好漢，亦不必你衆位分付，但請放心。』楊志謝了衆人。其餘多的銀兩，盡送與楊志做盤纏。衆人各自散了。

話裏祇説楊志同兩個公人來到原下的客店裏，算還了房錢飯錢，取了原寄的衣服行李。安排些酒食，請了兩

個公人。尋醫士贖了幾個杖瘡的膏藥貼了棒瘡，便同兩個公人上路。三個望北京進發。五里單牌，十里雙牌，逢州過縣，買些酒肉，不時間請張龍、趙虎吃。三個在路，夜宿旅館，曉行驛道，不數日來到北京。入得城中，尋個客店安下。原來北京大名府留守司，上馬管軍，下馬管民，最有權勢。那留守唤做梁中書，諱世杰。他是東京當朝太師蔡京的女婿。當日是二月初九日，留守升廳。兩個公人解楊志到留守司廳前，呈上開封府公文。梁中書看了，原在東京時也曾認得楊志，當下一見了，備問情由。楊志便把高太尉不容復職，使盡錢財，將寶刀貨賣，因而殺死牛二的實情，通前一一告稟了。梁中書聽得，大喜。當廳就開了枷，留在廳前聽用。押了批回與兩個公人，自回東京，不在話下。

祇説楊志自在梁中書府中，早晚殷勤，聽候使唤。梁中書見他勤謹，有心要抬舉他，欲要遷他做個軍中副牌，月支一分請受。祇恐衆人不伏，因此傳下號令，教軍政司告示大小諸將人員，來日都要出東郭門教場中去演武試藝。當晚，梁中書唤楊志到廳前。梁中書道：『我有心要抬舉你做個軍中副牌，月支一分請受，祇不知你武藝如何？』楊志禀道：『小人應過武舉出身，曾做殿司府制使職役，這十八般武藝，自小習學。今日蒙恩相抬舉，如撥雲見日一般。楊志若得寸進，當效銜環背鞍之報。』梁中書大喜，賜與一副衣甲。

當夜無事。次日天曉，時當二月中旬，正值風和日暖。梁中書早飯已罷，帶領楊志上馬，前遮後擁，往東郭門來。到得教場中，大小軍卒并許多官員接見，就演武廳前下馬。到廳上，正面撒下一把渾銀交椅坐下。左右兩邊齊臻臻地排着兩行官員：指揮使、團練使、正制使、統領使、牙將、校尉、副牌軍。前後周圍惡狠狠地列着百員將校。正將臺上立着兩個都監：一個唤做李天王李成，一個唤做聞大刀聞達。二人皆有萬夫不當之勇，統領着許多軍馬，一齊都來朝着梁中書呼三聲喏。却早將臺上竪起一面黄旗來。將臺兩邊，左右列着三五十對金鼓手，一齊發起擂來。品了三通畫角，發了三通擂鼓，教場裏面誰敢高聲。又見將臺上竪起一面净平旗來，前後五軍一齊整肅。將臺上

把一面引軍紅旗磨動，祇見鼓聲響處，五百軍列成兩陣，軍士各執器械在手。將臺上又把白旗招動，兩陣馬軍齊齊地都立在面前，各把馬勒住。

梁中書傳下令來，叫喚副牌軍周謹向前聽令。右陣裏周謹聽得呼喚，躍馬到廳前，跳下馬，插了槍，暴雷也似聲個大喏。梁中書道：『着副牌軍施逞本身武藝。』周謹得了將令，綽槍上馬，在演武廳前左盤右旋，右盤左旋，將手中槍使了幾路。衆人喝采。梁中書道：『叫東京對撥來的軍健楊志。』楊志轉過廳前，唱個大喏。梁中書道：『楊志，我知你原是東京殿司府制使軍官，犯罪配來此間。即目盜賊猖狂，國家用人之際。你敢與周謹比試武藝高低？如若贏時，便遷你充其職役。』楊志道：『若蒙恩相差遣，安敢有違鈞旨。』梁中書叫取一匹戰馬來，教甲仗庫隨行官吏應付軍器。教楊志披挂上馬，與周謹比試。楊志去廳後把夜來衣甲穿了，拴束罷，帶了頭盔、弓箭、腰刀，手拿長槍上馬，從廳後跑將出來。梁中書看了道：『着楊志與周謹先比槍。』周謹怒道：『這個賊配軍，敢來與我交槍！』誰知惱犯了這個好漢，來與周謹鬥武。不因這番比試，有分教：萬馬叢中聞姓字，千軍隊裏奪頭功。

畢竟楊志與周謹比試引出什麼人來，且聽下回分解。